EVA DEMSKI

Neue Gartengeschichten

*Über Buchsbaumzünsler, Akeleien, das Alter
und ein Jahr wie keins zuvor*

Mit Bildern von Michael Sowa

INSEL VERLAG

Erste Auflage 2021
© Insel Verlag Berlin 2021
Druck: CPI books GmbH
Printed in Germany
ISBN 978-3-458-17936-8

INHALT

KAPITULATION

Ich sehe seit einer Zeit,
wie alles sich verwandelt.
Etwas steht auf und handelt
und tötet und tut Leid.

Von Mal zu Mal sind all
die Gärten nicht dieselben;
von den gilbenden zu der gelben
langsamem Verfall:
wie war der Weg mir weit

Rainer Maria Rilke

Es war der sechzehnte August im heißen Sommer 2020, in dem sich nichts mehr anfühlte wie zuvor. Ich schaute im Garten auf meine Buchsumrandungen und beschloss, sie aufzugeben. Schon vor Jahren hatten imperiale Gärten wie die von Hannover oder Seligenstadt die bittere Prozedur durchgemacht. Da ging es um Tausende von Metern und jede Menge Kulturgeschichte, denen Buchsbaumzünsler und Pilze den Garaus gemacht hatten. Was waren da schon meine gut dreißig Meterchen, die jetzt trotz allen Widerstands braun und krümelig wurden? Lang hatten wir versucht – wir, das heißt der Gärtner Herr D. und ich – Zünsler und Pilz zu bekämpfen. Allerdings wollte ich nicht, dass auch anderes kriechendes und fliegendes Getier zugrunde gehe. Schließlich hörte man viel vom Insektensterben und hatte sich daran gewöhnt, die ganz großen Sünden der Zeit auch auf die eigene Kappe zu nehmen.

's ist Krieg! 's ist wieder Krieg! [...]
's ist leider Krieg – und ich begehre
Nicht schuld daran zu sein!

Das alte Lied.

Manchmal schien es, als ob der Zünslerkrieg zu gewinnen sei, dann winkten die Buchse mit ein paar grünen Ärmchen und schienen sich für die Hilfe zu bedanken. Wie alle Kriege hat auch dieser viel Kraft vergeudet. Wie in allen Kriegen wurde auch in diesem gut verdient und viel gelogen. Aber im August des Corona-Sommers 2020 sollte Schluss damit sein. Ende. Ohne Bedingungen oder Friedensverhandlungen.

Vorausgegangen war diesen Überlegungen ein Frühjahr, das so trügerisch hübsch begonnen hatte wie die meisten, Zwiebelblümchen und steigende Sonne. Ohne dass sie es zunächst wahrzuhaben schien, ohne irgendein wahnsinnig knirschendes, kreischendes, weltweit ohrenbetäubendes Bremsgeräusch war die Welt zum Stillstand gekommen. Am 3. März mochte ich meinen Gastgeberinnen bei einer Lesung – es sollte für lange Zeit meine letzte sein – nicht die Hand geben.

Sorry, sagte ich verlegen und machte dieses affige Namaste-Ding, als sei ich in einem Tempel.

Hätten wir nicht gedacht, dass Sie so ein ängstlicher Typ sind!, sagten die Gastgeberinnen munter. Dann

fing die Zeit gleichzeitig an zu rasen und stillzu-
stehen.

Hast du ein Glück, dass du den Garten hast!, sagten
wenig später die gartenlosen Freunde.

Hast du ein Glück.

Das wusste ich, auch ohne diese unheimliche Geschichte. Beängstigende Infektionsnachrichten aus Amerika
und Brasilien, Italien und Indien, Nordrhein-Westfa-
len und von der österreichischen Grenze, Orte wie
Heinsberg oder Ischgl wurden zu düsteren Beispielen,
die bald jeder kannte. Offenbar hatte das Virus besonders die fröhliche und innige Menschheit im Visier. Die
Stunde einer ganz neuen Art von Puritanismus schlug.
Er erfasste viele, mich ebenfalls. Manche verfielen in
eine Art Gehorsamsrausch. Alarmierende Fallzahlen
und Verlaufskurven bestimmten den Alltag, ein diabo-
lischer Börsenkurs für jeden. In seinem Schatten versteckten sich Dutzende von politischen Skandalen und
Katastrophen. Und ich dachte über Buchse nach.

Da, wo ich lebte, in den Zonen der älteren Mittelschicht,
hatte eine stumme, fast wütende Art der Innenschau
begonnen. Wir mussten keine Kinder mehr beschulen
und beschäftigen, Besuche bei den noch Älteren waren
nicht mehr erlaubt. Also wurden Bücher, Briefe, Fotos, Porzellan, Möbel, Servietten aus Schränken und
Kommoden, Kellern und Speichern geklaubt, besich-
tigt und auf Brauchbarkeit überprüft. Und darauf, ob
sich aus dem Zeug schöne Erinnerungen an gesunde

Zeiten würden herausschütteln lassen, wenn man es zur Hand nahm.

Die Wertstoffhöfe füllten sich schnell und blieben tageweise wegen Überlastung geschlossen. Sperrmüllberge wurden gesellschaftsfähig und eroberten auch die feineren Viertel. Ein stummes Umwälzen fand statt, ein Umkrempeln, ein Auf-den-Kopf-Stellen, und alles wegen einer unsichtbaren, von den Orakelsprüchen der Virologen begleiteten Bedrohung. Was brauchte man? Was war überflüssig geworden? Entscheidungen wurden nicht selten revidiert. Notwendige Vorräte für das Seelenleben waren schwerer zu erkennen und anzulegen als die für die Körperhygiene.

Hast du ein Glück mit deinem Garten!

Das eingewachsene Stückchen Land mit viel Luft nach oben, von Vergissmeinnicht und frühen kurzbeinigen Iris verschwenderisch geschmückt, schien der einzige Ort zu sein, an dem keine Gefahr drohte. Die dunkellila Iris waren im Corona-Frühling zum ersten Mal bei mir aufgetaucht, wie ein kleiner Trost von wo auch immer. Ich war gerührt, hielt mein unmaskiertes Gesicht in die Sonne und nahm mir vor, dieser verfluchten Pandemie in einer einsamen, efeugeschützten Ecke einfach standzuhalten. Was ich nicht wusste: Was andere in dem, was als *Lockdown* in die Geschichte einging, in ihren Regalen und Schränken veranstalteten, wohl auch in ihren Ehen, Büros, Studiengängen und Reiseplänen – eine erzwungene Bestandsaufnahme –, das machte ich in den Sommer- und Herbstmonaten mit meinem kleinen Garten.

Zunächst fiel es mir gar nicht auf. Ich sah ihn mit anderen Augen. Ich erinnerte mich an seine Geschichte. Andere förderten papierene Glücksmomente aus längst vergangenen Zeiten zutage, Briefe, Tagebücher oder Fotos. Das tröstete ein wenig über das brutale Ausgebremstsein hinweg. Man konnte den Trost auch digital teilen, manche haben Blogs und Wohnzimmerauftritte ersonnen, die vielleicht sogar ein wenig Geld brachten, aber vor allem eine gleich gesinnte und gleich betroffene Gesellschaft im Netz. Das hätte ich ebenfalls machen können, ich bin aber gar nicht draufgekommen. Im Lockdown waren wir völlig allein, mein Garten und ich. Er hatte meine ganze Aufmerksamkeit, auch weil das Schreiben derzeit nicht recht funktionieren wollte. Es schien so beliebig geworden zu sein.

Teilen? Teilen wollte ich ihn trotz schlechtem Gewissen nicht, weder analog noch digital. So sah ich Woche für Woche, im Grundrauschen der Ansteckungszahlen, ohne dass das jemand von mir gewollt hätte, seine Stärken und Schwächen anders und genauer als vorher. Ebenso wie meine eigenen. Ein allmähliches, fürs Erste von keinem sichtbaren Ergebnis begleitetes Aufräumen. Ich würde sehen, was für ihn und mich überflüssig, abgenutzt, vielleicht sogar schädlich war. Ich hielt still, um ihn zu hören, und schaute viel in ihm spazieren.

Nicht nur das Virus hatte sich über uns hergemacht, sondern auch Hitze und Trockenheit, das abgenutzte Wort *Klimawandel* füllte sich mit ganz konkreten Erfahrungen.

Warum wollte ich damals, vor Jahrzehnten, als ich den Garten anlegte, unbedingt Buchse haben? Sie waren in meinen Augen die beste Möglichkeit, diesem Briefmärkchen von Garten eine Anmutung von Kloster oder Schloss zu geben. Es ist wahr, sie stehen für gewaltsame Zurichtung, sie lassen sich furchtbar viel gefallen, eigentlich weiß niemand, wie es aussieht, wenn man den Buchs Buchs sein lässt.

Vor wenigen Jahren musste ich ein paar große Buchskugeln aufgeben, über die hatte das neuartige Gezücht gesiegt. Bösartig bunte Raupen wurden zu hübsch gezeichneten Faltern, wie über Nacht waren die artig frisierten Kullern ruppig und braun geworden. Im ganzen Viertel sah man die Verheerungen, und meine eiserne Tierliebe ging in Mordlust über. Eine kleine Stimme in mir hielt dagegen: Die können doch nichts anderes sein, als sie sind. Vielleicht sind sie die Rache der Buchse? So wie Corona die Rache der Tiere sein könnte?

Diese Ideen behielt ich aber für mich, sie waren *spooky* und nutzten niemandem.

Bei meiner ersten großen Buchskugel, die rausgerissen werden musste, habe ich geheult. Wie bei anderen Gelegenheiten wurde bei mir auch diesmal aus Kummer Wut. Meine schönen Umrandungen wollte ich behalten, basta, Rache hin oder her. Die Spritze des Gärtners D., die er auf dem Rücken trug wie ein Soldat sein MG, kam oft zum Einsatz. Es sei bienen- und schmetterlingsschonend, das Zeug, wurde mir versichert. Ich wollte das glauben und hütete mich, genauer nachzufragen.

Schon lang vor den Extremsommern und dem Virus war mir der Gedanke gekommen, ob dieser Kampf nicht für den Erhalt einer Gartenlüge geführt wurde. Mein pseudoitalienisches, pseudoklösterliches, pseudoaristokratisches Hinterhausidyllchen war offenbar nur mit Gewalt durchzusetzen. Das ging im Grunde gegen meine Überzeugungen, aber ich hörte nicht auf die leisen Mahnungen meiner anarchistischen Seele.

An diesem Augusttag kapitulierte ich. Das hatte mit ihr zu tun, aber auch mit dem Virus, das seit einem halben Jahr seine unheimliche Macht zeigte. Und mit der Erkenntnis, dass dieser nicht der letzte trockene Sommer sein würde nach dreien davon, wenn die Jahreszeiten irgendwann wieder normal abrollen würden und das Wetter unser einziges Problem wäre. Schon jetzt, nach einem lächerlichen halben Jahr der Pandemie, kam mir das unvorstellbar vor. Außerdem war ich alt, damit musste ich samt Garten klarkommen. Wenn einst das Virus verschwinden und der Regen wiederkommen würde – schön und gut. Das Alter bleibt und wächst.

Noch durften wir hier gießen, in manchen Nachbargemeinden war es schon verboten. Nach fünf, sechs geschleppten Kannen schien mir klammheimlich ein Verbot verlockend. Ich musste also herausfinden, wie wir in meinen nächsten Lebensjahren miteinander auskommen könnten, der Garten und ich. Eine Bestandsaufnahme innerer und äußerer Bedingungen schien notwendig, um zu einer klugen Strategie zu finden. Und deswegen telefonierte ich Ende August mit dem treuen R., der meinen Garten gut kennt, seufzte tief am Telefon und sagte:

Die Buchse müssen raus!

Er überhörte den dramatischen Ton, wahrscheinlich ist er schon lang der Meinung, ich hätte sie nicht alle beisammen.

Das war sowieso ein Kampf gegen Windmühlen, sagte er sachlich, und wir vermieden beide, über seinen ehemaligen Meister, den Krieger mit dem Spritzen-MG, zu reden. Es passt gut, dass der liebe R. einen spanischen Nachnamen hat. Sancho Pansa war von dem Duo sowieso der Gescheitere.

Machen Sie die Reise mit mir zusammen?, fragte ich kläglich.

Ich bin dabei, sagte er.

Bevor sie rausgerissen wurden, war jetzt erst einmal Zeit, sie sich wegzudenken und sich einzugestehen, was diese bröseligen Umrandungen einfassten und schützten: Chaos. Wildwuchs. Vernachlässigung, aber auch winzige schöne Überraschungen. Indessen war es September geworden, mit einer sanften Spätsommersonne nach der wütenden Hitze. Es war immer noch viel zu trocken, aber an die alte Klage hatte man sich schon gewöhnt. Die Corona-Börsenkurse zeigten eine trügerische Ruhe, bei uns, nicht in der weiten Welt.

Wartet nur, bis der Herbst kommt, bis alle wieder drin sind, bis sich alle selbstmörderisch in den Armen liegen und einander die Aerosole in die Gesichter blasen!

In tausend Varianten war das zu lesen und zu hören. Täglich wurden Karnevals- und Faschingsveranstaltungen abgesagt, vom Oktoberfest hatte man sich schon lang verabschiedet. Schausteller standen vor dem Ruin, aber nicht nur sie.

Ich hatte nichts anderes zu tun, als herauszufinden, wohin es mit mir und meinem Garten gehen sollte. Nicht nur, was ich wollte und mir wünschte, war wichtig, sondern viel mehr noch, was wir miteinander zustande brächten, ohne Zwang, ohne zu viel Arbeit und ohne ihn der Hässlichkeit preiszugeben. Die will man ja auch für den eigenen Leib nicht, diese traurige Gleichgültigkeit, wenn Wildwuchs und Stacheligkeit siegen.

Hinter der trügerischen Ordentlichkeit der Buchse war es in meinem Garten damit schon ziemlich weit gekommen, der Herbst zeigte es ganz ohne die Verhüllungen, die mir vom Frühling und vom Sommer ge-

schenkt worden waren. Schneeglöckchen, Vergissmeinnicht und Rosen ließen über vieles hinwegsehen.
In diesem Herbst, beim Blick hinter die todgeweihte
kleine Hecke, war kein Platz mehr für Illusionen.

Ach, ist es hier schön!, hatten die wenigen Besucher,
die während der Stillstandsmonate hier waren, gesagt.
Sie würden das sicher auch jetzt noch sagen, in der
silbernen Herbstsonne, die auf ausgebleichte Hortensien und knallfarbige Buntnesseln schien. Sie würden
es nicht nur mir zu Gefallen sagen, denn sie ist ja wirklich schön, diese kleine Spiegelwohnung mit ihren lebendigen Mauern.

Ich wollte unter keinen Umständen, dass mir mein
Garten zu schwierig, zu anspruchsvoll würde. Das sah
ich bei vielen Freundinnen und Freunden, das hatte
ich bei meiner Mutter gesehen und betrauert. Man
kann nicht helfen, wenn jemandem eine jahrzehnte-
lange große Liebe allmählich oder buchstäblich mit
einem Schlag zur Last wird. Meistens will man es sich
nicht einmal eingestehen. Ich denke an Frau E., die aus
dem Rollstuhl heraus ihren Mann wüst beschimpft.
Er macht im Garten alles verkehrt. Sie beherrscht ihren Garten nicht mehr, deshalb versucht sie jetzt, ihren Mann zu beherrschen, damit der ihren geliebten
Garten im Zaum hält. Sie lässt beide dabei nicht aus
den Augen und verzweifelt.

Wir wollten endlich anfangen, es einander leicht zu
machen, mein Garten und ich.

Wie er wohl aussehen würde, frei, ohne sein Korsett aus Buchsen?

Ich hatte eine kleine Angst. Befreiungen machen immer Angst, ich war alt genug, das zu wissen.

AUF REISEN

»Glauben Sie, man könnte aus diesem Hof
einen schönen Garten machen?«
»Unmöglich, Monsieur, Ihr Hof ist so
groß wie die Hand.«
»Das stimmt, ich hätte aber dennoch
gerne einen schönen Garten.«

Alphonse Karr,
Reise um meinen Garten
Ein Roman in Briefen

Die Ermordung Kennedys oder der elfte September
sind Ereignisse, die fest im eigenen Gedächtnis oder
in den Erzählungen der Menschen verankert sind.
Nicht ihre Analyse, natürlich nicht. Wie einst die
Mondlandung können diese historischen Paukenschlä-
ge sehr unterschiedlich interpretiert werden, der Phantasie sind da keine Grenzen gesetzt. Aber wenigstens
auf die betreffenden Daten kann man sich einigen, sie
sind unverschiebbar. Mit der Pandemie ist das anders.
Je nach Alter, Temperament, Herkunft und nicht zu-
letzt Ängstlichkeit hat sie für jeden und jede einen
eigenen Beginn – zum ersten Mal das komische Wort
Corona gehört? Schulschließung? Kurzarbeit? Sonderbar böse Träume? Stammkneipe zu? Abstrakte To-
tenzahlen? Konkrete Särge im Fernsehen, die abtrans-

portiert wurden? Das eigene Gesicht in der Webcam ertragen lernen? Masken im Supermarkt?

Es war auf jeden Fall Frühling, schon oder noch, je nach Wahrnehmung, je nach Abflauen der jeweiligen Betäubung, die sich sehr unterschiedlich anfühlte. Ein schöner Frühling, wie immer. Auf einem kleinen Platz ganz in meiner Nähe hatte sich ein blauer Teppich von Scilla ausgebreitet, wie jedes Jahr. Aber diesmal reagierten die Menschen anders. Sie blieben an dem schütteren Stückchen Erde, das nur wenige Tage im Jahr so prachtvoll war, lang stehen. Viele taten das, früher war das nie so gewesen. Masken trug noch niemand, aber man hielt Abstand, jeder war mit sich und dem blauen Wunder allein. Ich hätte gern in die Köpfe schauen mögen, aber ich schaffte es ja nicht einmal, meinen eigenen zu ergründen. Die unschuldigen blauen Blümchen schienen mir wie Vorboten der Apokalypse, das war Quatsch, aber auch nicht.

Bald nahm sich der Buchmarkt dieser sonderbar gelähmten Situation an. Sie versuchten, einen mit literarischen Ausgrabungen zu trösten. *Reise um mein Zimmer* von Xavier de Maistre hieß so ein aus der Vergessenheit emporgestiegener Titel, zeitweilig war das kleine Buch aus dem achtzehnten Jahrhundert vergriffen. Was verhieß der Titel? Alles schon mal da gewesen, seid getrost, ihr unversehens Eingesperrten? Es gibt im eigenen vernachlässigten Mikrokosmos eine Menge zu entdecken, wenn man schon nirgendwo anders hindarf? Ich kaufte es natürlich, aber es half mir zunächst wenig. Zur *Reise um meinen Garten* würde auch ein Buch erscheinen, ein Briefroman von Alphonse Karr, aber das kam viel zu spät, da hatte ich die eigene Rundreise um meinen Garten längst angetreten. Beendet ist sie noch nicht, wahrscheinlich wird sie das auch nie sein. Es brauchte die Pandemie, um mir das klarzumachen.

Ich trat sie eher zufällig an, aus Frust. Eigentlich war um diese Jahreszeit der erste Pflanzenkaufrausch fällig, aber mein Lieblingsladen hatte coronabedingt geschlossen. Also ein kleiner Gang durch den Garten, um nachzuschauen, welche Pflanzen es von allein, ohne Asyl im Treppenhaus oder wo sonst noch Platz gewesen war, über den Winter geschafft hatten. Über ein kleines, grünes Etwas in einem Topf, das ich nicht erkannte, freute ich mich. Außerdem war aber leider ein anderes Gewächs wiedergekommen, ein Gedanke, ziemlich unangenehm und deswegen immer wieder rausgejätet – meine allmähliche Entdeckung der Langsamkeit. Die Armee der Kübel und Töpfe im Treppenhaus, in der Waschküche, auf sämtlichen einigermaßen hellen Kellerplätzen und sogar in der Küche einer Freundin hatte bedrohlich zugenommen, und ja – sie war bedrohlich geworden. Hilfe hatte ich für die ganz schweren Brocken immer schon gebraucht, das war normal. Aber es ließ sich nicht leugnen – auch die kleineren Töpfe, die ich früher in Dreierpacks auf die Fensterbänke schweben ließ, waren indessen schwere Brocken geworden. Wie konnte das passieren?, dachte ich und gleichzeitig, wie blöd diese Frage war. Eine gute Freundin hatte nach der schwungvollen Anhebung eines Kübels sechs Monate lang ein Korsett tragen müssen. Die Sache würde keinen und keine verschonen, und wie beide Geschlechter damit umgingen, war auf höchst unterschiedliche Weise gleich verstockt.

Natürlich steig ich auf die Leiter! (Er)

Wir hatten IMMER elf Sorten Tomaten! (Sie)

Und so dachte ich beim Beginn der Reise durch meinen Garten, auf der mich die apokalyptischen Reiter Pandemie, Alter und Klimawandel treu begleiten würden, dass es vernünftig wäre, nicht mehr das ganze Haus mit schwergewichtigen Versprechen vollzustopfen. Denn das waren sie ja, diese Kübel und Töpfe, Versprechen. Noch wohnten sie im Winterquartier in diesem Corona-Februar, einige sahen nicht gut aus. Früher – es schien gar nicht lang her – hatte ich ein ausgeprägtes botanisches Helfersyndrom und päppelte geduldig manche Kröpel durch die Jahre. Während ich im Garten immer noch überlegte, was das hübsche grüne Ding, das ohne meine Hilfe ausgekommen war, wohl werden würde, dachte ich an Vita Sackville-Wests Satz vom Gärtner, der grausam sein müsse. Ich freute mich über meine unzähligen Schneeglöckchen und dachte über notwendige Grausamkeiten nach. Das war gut so.

Ich beschloss, mir den Satz zu Herzen zu nehmen. Keine Kröpel mehr. Keine Versprechen mehr. Keine Wetten mehr auf irgendeine Zukunft. Die ist eh eine unsichere Bank. Wann hatte man das je so deutlich gemerkt wie in diesem stummen Frühling?

Das kleine grüne Ding im Topf konnte ich später als Fuchsie identifizieren. Ich würde nun gern behaupten, eine Fuchsienkennerin zu sein, wie fast alle Pflanzen hat auch sie eine Gruppe eiserner und allwissender Experten um sich. Das kann jeder googeln und sich davon einschüchtern lassen. Sie und ihre Schwestern, die im späteren Frühjahr an immer mehr Stellen in meinem Garten auftauchten, hatte ich im seligen letzten Sommer als Lückenbüßer bei Aldi gekauft, das Achterpäckchen für drei Euro oder so. Ich hatte sie überall da hingestopft, wo sich kahle Stellen zeigten. *Zu viel Sonne mögen sie nicht*, war das Einzige, was ich über sie wusste. Das traf sich gut, weil eins der Probleme meines Gartens in *zu wenig Sonne* besteht. *Ja, in dem Schattengarten dürfen Sie nicht zu viel erwarten!*

Das war so ein typischer Expertensatz, wie ich sie schon vor Jahren gehasst habe. Als wäre man selber schuld am Schatten, und nicht Bäume, andere Häuser oder Gott.

Die Fuchsien gingen gut an, sie machten sich nicht wichtig, manche gerieten lang und schlank, andere klein und dick, je nachdem, wo ich sie hingesteckt hatte. Sie schienen ein Bewusstsein für ihre Umgebung zu haben und passten sich auch farblich an. Hellrosa, creme, dunkellila, weiß, die Blüten immer zweifarbig –

Wir tanzen Ballett, daß die Röckchen fliegen
die weißen und rosa Röckchen aus Tüll.
Der Wind dirigiert, und wir schmiegen und wiegen
und biegen uns, wie der Kapellmeister will.

So beschreibt sie Erich Kästner in seinem Gedicht *Die Fuchsien*. Für seine Verhältnisse ganz unhintersinnig liebenswürdig – oder?

Wir tanzen auf Spitze. Wir drehn Pirouetten.
Wir bewegen uns unbewegten Gesichts
wie Ballerinen aus alten Balletten.
Von modernen Tänzen halten wir nichts.

Mag sein, dass diese Beschreibung auch auf meine widerstandsfähigen Aldi-Blumen aus der billigen Achterpackung zutrifft.

In meinen Erinnerungen taucht immer wieder ein endloser Zaun aus Schmiedeeisen auf, mit Spitzen, die aber nicht feindselig sind. Hunderte von Metern Zaun, an denen man entlanglief und immer neue Gartenbilder sah, ohne sich nur einmal zu wünschen, hineinzukönnen. Es genügte vollkommen, zu schauen. Der Regensburger Schlosspark vereinte alle nur denkbaren Gärten in sich, auch wenn man nur einen winzigen Teil davon zu Gesicht bekam. Irgendjemandem gehörte das alles. Beim Beginn meiner Reise durch meinen Garten dachte ich wieder an die Wunder von damals hinter dem endlosen Zaun und dass ich von meinem kleinen Stück Erde genauso wenig wusste wie der Fürst von seinen unermesslichen Latifundien. Es war noch ziemlich still um einen herum, und wenn man so für sich allein anfing, wunderlich zu werden, störte das keinen. Das Virus schrumpfte Menschen und Pläne und Wünsche, und alle möglichen Statussymbole waren mit einem Mal obsolet.

Von meiner Reise, die ich noch immer nicht so nannte, mochte ich niemandem erzählen. Auch nicht von meinen Entdeckungen, die ich mit unkritischer Dankbarkeit wahrnahm. Zum Beispiel die alljährlich zuverlässig aufscheinenden blauen Blüten des *Immergrün*, ein ziemlich robustes Zeug, das sich in einer hinteren Gartenecke angesiedelt hatte, von da aus lange Fangarme aussandte und selbst vor Kübeln nicht haltmachte. Ich hatte es mehr oder minder wohlwollend geduldet, eben wegen der hübschen Blüten und weil es, wie sein Name sagte, eben immer grün war. Ein lackartig glänzendes, schönes Grün.

Jetzt hatte ich endlich Zeit herauszufinden, mit wem ich schon so lang mein Leben teilte. Als ich den ersten der vielen Namen erfuhr, unter denen das Kraut noch geführt wurde, zuckte ich zusammen.

Totenveilchen.

Wollte ich angesichts meiner Jahre so was gleichsam im Garten vorwegnehmen? Ich erinnerte mich daran, dass es früher gern auf Gräber gepflanzt wurde, vor allem auf die, um die sich keiner kümmern mochte. Mittlerweile sieht man es nicht mehr so oft, wahrscheinlich ist es zu banal. Aber nun war der Name da, und ich würde nie mehr einer von den glänzend grünen, unermüdlichen Ranken begegnen, ohne zu denken: *Schau mal, da wächst ja schon wieder ein Totenveilchen.*

Später fanden sich tröstlichere Namen: *Bärwinkel* – warum auch immer –, *Sinngrün* – das gefiel mir sehr gut –, *Himmelsternkraut* – das ließ hoffen, wenn auch mit einem unguten Gefühl –, und *Jungfernkranz* – was die *veilchenblaue Seide* in ein ganz neues Licht rückte. Allerdings wurde anderswo dringend davon abgeraten, eine Immergrünpflanze doppelt zu verwenden, also für den Toten- sowie für den Jungfernkranz. Die Braut, die den trage, müsse zuverlässig sterben. Worauf man nicht alles aufpassen musste! Aber andererseits konnte man sich in seinem Garten nicht mehr leisten, allzu wählerisch zu sein. Den letzten viel zu trockenen Sommern würde – das wusste ich im Frühling noch nicht, befürchtete es aber – ein weiterer folgen. Vielleicht würde es gar keine anderen mehr geben. Vielleicht würden sogar Teile der Erde in Brand geraten. Was blühend und stabil grün war, musste also ohne Vorbehalte geliebt werden, auch wenn die Namen einen beklommen machten.

Bäume und Blumen haben ihr besonderes Leben und ihre besonderen Reize, wovon einer, vielleicht oft nicht der kleinste, darin besteht, in ihre Mitte zu flüchten und die Menschen zu vergessen.

So schreibt Alphonse Karr in seinen klugen Briefen auf seiner *Reise um meinen Garten*. Im Frühjahr war das Buch noch gar nicht in meine Hände gekommen, so hatte ich im Herbst 2020, als ich es las, das beste aller Lesegefühle: *Dem geht's wie mir!* Und hätte ich seine Reise mit auf meine Reise nehmen können, hätte ich wahrscheinlich pausenlos mit ihm geredet, über fast zweihundert Jahre hinweg, die angesichts unser beider Begeisterung für Zwiebelblumen, zum Beispiel, zum Augenblick zusammenschnurrten.

Überraschungen im Garten habe ich immer geliebt, für den Fall, dass dem Garten selber keine einfallen würden, sorgte ich vor. Natürlich ließ er mich nie im Stich, aber die Zwiebeln, die ich vergrub wie das Eichhorn seine Nüsse – ohne Sinn und Verstand –, taten das ihre, auch in diesem Jahr. Das mit dem mangelnden Sinn und Verstand bei der von den Eichhörnchen betriebenen Vorratshaltung muss ich erklären: Seit Jahren kämpfe ich gegen eine Nussbaumplantage an, die auf meinen wenigen Quadratmetern zu gedeihen droht. Wir haben gar keine Walnussbäume in der Nähe, es handelt sich also um rote und dunkelbraune Nuss-

importeure, die, während man noch mühsam versucht, die zähen Schößlinge auszugraben, in Sichtweite die nächste Nuss vergraben. Da sie sehr niedlich sind, schaut man ihnen dabei zu und wartet. Frisch vergrabene Nüsse kann man leicht wieder rauskriegen. Potentielle Bäume wehren sich heftig. Auf meiner Reise bin ich denen an Stellen begegnet, die mir vorher nie aufgefallen waren. Deswegen hatten sie schon eine gewisse Höhe. Da blieb nur Baummord. Sehr unangenehm.

Zurück zu den Zwiebeln. Im Herbst hatte ich ein paar Tüten Sonderangebote vergraben, da und dort, und sie dann vergessen, wie es die Eichhörnchen mit ihren Nüssen tun. Natürlich war mein Vertrauen auf die Zukunft auch vor der Pandemie ein wenig kurzatmig geworden, das ist ganz normal. Einen Apfelbaum würde ich nicht mehr pflanzen, so lutherisch war ich schon länger nicht. Aber für Zwiebeln reichte es, und sie belohnten mich ab Februar, immer neu, immer wieder, in überraschenden Farbspielen.

Lieber Alphonse Karr, darf ich Du zu Ihnen sagen?

Meine schönen Zwiebeln mit den sanften oder leuchtenden, reinen oder harmonischen Farben, meine schönen Zwiebeln mit den lieblichen und berauschenden Düften! Meine schönen Zwiebeln, wie ihr mir das alles ersetzt, wie viel größere Götter seid ihr doch als alle Idole!

Meine schönen Zwiebeln, erbarmt euch ihrer!

So ein wunderbarer, unschuldiger Enthusiasmus. Ja, ich hätte mir das damals leise vorgelesen, im Angesicht meiner Sonderangebotsblüten, die mich auf meiner Reise mit der Verzagtheit versöhnten, die über die Welt gekommen war.

GEBURT EINES GARTENS

Das Romantische ist schon in seinen
Abgrund verlaufen

Johann Wolfgang Goethe

Ein von der Romantik befallenes
Land sollte die Möglichkeit seines
Untergangs in Betracht ziehen.

Peter Hacks

Das maskierte Grüppchen Neugieriger drängte sich
auf der Baustelle des *Romantikmuseums* an einer großen, teuer aussehenden Panoramascheibe. Eine schwer
zwischen ihren Stöcken hängende Besucherin war
hörbar missmutig, man verstand sie trotz Maske gut:
Was soll denn das sein, ein romantischer Garten? So
was soll da hin?
Sie war nicht aus Neugier oder Zuneigung zu diesem
besonderen Besichtigungstermin gekommen, sondern
um ihrem Zorn Luft zu machen. Sie wollte die ganze
Sache unnütz und schrecklich finden, das war klar.
Ein romantischer Garten! Was für ein Blödsinn!
Wir spähten alle durch die Scheibe, zwei Dutzend Menschen, fast alle weiblich, fast niemand jung. Da war
nichts hinter dieser Scheibe, nur festgetretene, ocker-
gelbe Erde. Doch, rechts in der vorderen Ecke hatte

sich ein Götterbaum angesiedelt. Noch vor einem Jahr hätte ich nicht gewusst, wie diese Gewächse mit den gefiederten Blättern heißen, die sich überall in der Stadt zeigten. Weder mörderische Trockenheit noch miserabler Boden schien ihnen etwas anhaben zu können, täglich wurden sie mehr, und nun hatte sich einer auch mitten im Allerheiligsten der Klassik und der Romantik angesiedelt. Das zeigte etwas Triumphierendes. Götterbäume kamen aus China, wurden im achtzehnten Jahrhundert als Seidenraupenfutter nach Europa gebracht und waren nach dem Zweiten Weltkrieg schnelle und zähe Trümmerbesiedler geworden. Das mit den Seidenraupen hatte nicht geklappt. Im Jahr der Pandemie erschienen die Götterbäume plötzlich überall, als sei jetzt endlich die Zeit für ihren Sieg gekommen.

Die Baustelle, die wir in diesem Sommer bestaunten: Da sollte ein neues Museum in unserer Stadt entstehen, ein viel diskutiertes Projekt auf historisch und literarisch aufgeladenem Boden. Die kleine Brache, die wir jetzt alle anstarrten, würde der dazugehörige *Romantik-Garten* werden. Es war ein schwer umkämpftes Stückchen Land am *Großen Hirschgraben*, Goethes Geburtshaus; über die Planungen und ihre Änderungen hatte ich längst den Überblick verloren. Das Herz der Stadt, oft gebrochen und wieder geflickt, rekonstruiert, verändert, vernarbt – und da hinein wurde jetzt das Museum implantiert, für die vielen schönen

Dinge, die man so schwer zeigen konnte. All die dünnen, heiligen Zettelchen. Immer wenn ich in den Sammlungen etwas nachgesehen hatte, zitterten mir noch stundenlang die Hände. Während uns ein kluger, begeisterter Mitarbeiter des *Freien Deutschen Hochstifts* durch die Stockwerke lotste, dachte ich: *ein Museum für ganz zarte Sachen.*

Was mich aber am meisten faszinierte, war dieses Gartenversprechen hinter der Scheibe. Ein neuer Garten, das hätte ich der unwirschen Baustellenbesucherin gern erklärt, ist eine Chance. Wobei nicht verschwiegen werden sollte, dass Menschen darunter durchaus nicht immer das Gleiche verstehen.

Die Besichtigung ging weiter, die grantige Besucherin fand anderes zum Schimpfen. Ich warf noch einen Blick auf das Stückchen gelben Frankfurter Boden hinter der Panoramascheibe und beschloss, die Sache im Auge zu behalten. Weiter hinten an der Mauer stand außer dem Götterbaum noch ein anderes Gewächs, ich konnte nicht sehen, was es war. Seine Größe bewies aber, dass es den Zumutungen der Baustelle schon länger getrotzt haben musste. Solche tapferen Kämpfer hatten es mir seit je angetan. Wochen später, als ich genauer hinschauen durfte, stellte sich der Kämpfer als Kämpferin heraus – es war eine Feige. Der Götterbaum schien den Bauarbeiten zum Opfer gefallen zu sein.

Ein *romantischer Garten* soll für Seelennahrung sorgen, nicht für Essen, hätte ich der Frau mit den Stöcken gern gesagt. Er lässt nicht nur blaue Blumen wachsen, und die ihn besuchen, müssen nicht notwendig hochgestimmt oder überspannt sein. Jedenfalls glaubte ich das, trotz allem. Obwohl viele wirklich nicht ganz bei Trost waren. Brentano, Günderrode, aber grade wegen ihrer Irrwitzigkeiten hatten sie einen verlässlichen Platz in meinem Herzen.

Ich traute mich nicht, bei der auf Kritik eingestellten Dame um Verständnis oder gar Liebe zu werben. Das war in unserer Stadt sowieso nicht üblich, Geschenken der *Öffentlichen Hand* – und so was war ja ein Museum dieser Art – mit Enthusiasmus zu begegnen. Bei uns wurde gemeckert, räsoniert, lauthals geklagt. Nach wenigen Jahren allerdings taten die Beleidigten, als hätten sie den geschmähten Ort selber erfunden, und verteidigten ihn erbittert gegen auswärtige Verächter. Deswegen behielt ich meine Begeisterung für die romantische Gartenplanung genauso für mich wie den Gedanken, dass dieses weltliterarisch getränkte Erdfleckchen ungefähr so groß war wie mein eigener Garten. Allein das festzustellen, grenzte an Blasphemie. Aber ein fast völlig leerer *locus amoenus* war doch zu verführerisch. Und dann auch noch die vermaledeite Romantik, die es dabei zu bedenken galt.

Goethe, der eigentliche Hausherr, schrieb:

Das sogenannte Romantische einer Gegend ist ein stilles Gefühl des Erhabenen unter der Form der Vergan-

genheit oder, was gleich lautet, der Einsamkeit, Abwe-
senheit, Abgeschiedenheit.

Es steht noch wesentlich Herablassenderes in seinen
Maximen. Aber dafür kann der zukünftige Garten ja
nichts.

Er fand vielmehr einen interessanten Gönner. Der hatte den Winzling zu Beginn der Planungen kurzerhand
adoptiert. Über sein eigenes Gartenreich am Bodensee hatte er in einem Interview gesagt, es solle *zum
Bersten romantisch* werden. Das passte schon damals
gut. Auf seinen Besitzungen am Bodensee hatte er viel
Platz dafür zur Verfügung. Die bescheidenen Frankfurter Dimensionen wurden durch ihre Riesenbedeutung
ausgeglichen.

Christoph Graf Douglas dachte und plante groß. Er war
für sehr spektakuläre Kunstverkäufe verantwortlich,
sah aus wie ein Landedelmann und schien sich insgeheim über die Welt zu amüsieren.

Der muss ein sehr geliebtes Kind gewesen sein, dachte
ich einmal. Nur so war die Aura der Unverletzlichkeit
zu begreifen, die ihn umgab. Ich kannte ihn ein wenig, saß mit ihm zusammen im Kuratorium des Botanischen Gartens und hörte mit Vergnügen, wenn er
unter seinem fast schluchzenden Gelächter über den
Kleinmut öffentlicher Verwaltung herzog. Gärten
mussten üppig geplant werden, überbordend, mutig:
Eine florale Diktatur schadete überhaupt nicht, im Gegenteil, sie war notwendig. Gärten, bei denen zu viele

mitredeten, mickerten, davon war er fest überzeugt. Da war ich ganz seiner Ansicht, und ich hörte ihm fasziniert zu, wenn er über seine Zukäufe am Bodensee, Schlösser, Grundstücke und sechzehntausend zu pflanzende Gehölze sprach. Unter seinen weit ausgespannten mäzenatischen und gestalterischen Fittichen ließ sich mühelos ein Platz für den Museumsgarten finden. Des Grafen Hintergedanken waren dabei leicht zu durchschauen – eine Kostenübernahme würde die Gestaltung freier machen. Wenn ich gekonnt hätte, wäre das auch mir ein Spaß gewesen.

Sechzehntausend Gehölze, du meine Güte. Ich bekam schon feuchte Hände bei mehr als drei verschiedenen Büschen. Aber mir gefiel das Sonnenkönighafte ungemein. Nach dem Erscheinen meiner *Gartengeschichten* vor über zehn Jahren hatte er mich eingeladen, seine Gärten anzuschauen. Es schien ihm wirklich daran gelegen, er wiederholte die Einladung, aber irgendwas war immer dazwischengekommen. Nein, kein Neid meinerseits, bestimmt nicht. Größe und Üppigkeit machten mich glücklich, aber nur bei anderen. Mir wäre das zu viel Verantwortung gewesen. Als ich ihm das sagte, verstand er mich nicht.

Er starb 2016, ganz plötzlich, mitten aus der Sonnenbeschienenheit des Lebens heraus.

Gärten waren nicht die einfachsten Hinterbliebenen, das wusste ich aus Erfahrung. Erst hielten sie Ruhe und taten so, als wären ihre Besitzer noch am Leben.

Wenn es sehr geliebte Gärten waren, schienen deren Geister auf den Wegen manchmal sogar sichtbar zu sein. Irgendwann aber wurden die Klagen der Verlassenen hörbar, nach Fürsorge, nach Aufmerksamkeit, immer lauter und anhaltender. Wie das mit den Zaubergärten des Grafen, den Latifundien am Bodensee, ging, konnte ich nicht beurteilen, sie nicht gesehen zu haben, gehörte zu meinen großen Versäumnissen. Das kahle, kleine Viereck hinter der Panoramascheibe bettelte jedenfalls um Zuwendung, als sei es schon ein richtiger Garten. Die Witwe des Grafen hatte es nach seinem Tod bereitwillig in ihre Obhut genommen. Es gab vorläufige Pläne.

Diese auf den Knien haltend saß ich zusammen mit der Leiterin des Hochstifts Anne Bohnenkamp-Renken an einem Herbsttag auf den Polsterbänken im neuen Foyer, schaute durch die Scheibe und begriff allmählich, was da entstehen könnte.

Da – sie wies auf die alte Mauer rechts, die grade behutsam freigekratzt wurde – *soll ein* Cornus *hin*.

Sie sprach von ihm wie von einem Hauptdarsteller, der seinen Auftritt dort haben würde, und genau das entstand da – ein Gartentheater. Oder ein Theatergarten?

Der *Cornus*, also der Hartriegel, den sich die Chefin dort hindachte, war eine sehr gute Wahl. Ob der amerikanische oder der tatarische *Cornus* einen Platz an der historischen Mauer bekommen würde – auf jeden Fall

wären Hartriegelblüten wie Lichter im eher schatti-
gen Romantik-Garten. Das Publikum – wenn es denn
irgendwann wieder eins gäbe – sollte durch eine kleine Tür linksseitig an einer Art natürlicher Theater-
rampe aus Findlingen, Büschen und Gräsern entlang
auf die rechte Seite geleitet werden und dort durch
eine andere Tür den Schauplatz wieder verlassen. Der
Garten war *geheimnisvoll und zunächst unerreichbar*
geplant, beim Verweilen hinter der Scheibe entstün-
de der Eindruck eines Bildes. Den hatte ich an jenem
Herbstnachmittag sonderbarerweise schon angesichts
der Leere. Ein schön gerahmtes Bild, in das man sich
einiges hineindenken konnte. Oder dazudenken, denn
die Mauer links stand noch nicht, ungehindert schaute man auf das vielgeliebte und nun vom Virus zum
Schweigen gebrachte Theater, die *Fliegende Volksbüh-
ne,* deren glückliche Landung nach einigen Turbulen-
zen man vor kurzer Zeit, einander umarmend, begeistert gefeiert hatte. So viele Geschichten auf so engem
Raum! Und doch gehörte alles, manchmal schief, gelegentlich verkantet und nicht ganz passend, untrenn-
bar zusammen. Also eine Mauer.
Aber hoffentlich nicht zu hoch?, fragte ich.
Wegen der Sonne. Die brauchte ein Garten, auch wenn
man dem Schatten Überraschendes abtrotzen konnte.
Die Pläne, in die ich mich vertiefte, schienen das vor-
bildlich zu berücksichtigen. Ich dachte mit einer gewissen Scham an meinen Garten, dem ich immer wie-

der die Sonnensüchtigen zugemutet hatte. Und viel Zeit mit Trotz und Hadern verplemperte, weil es halt nicht funktionierte.

Die hier fürs Erste die Bepflanzung geplant hatten, waren klug und bescheiden vorgegangen. Wenn man das Bild vom Gartentheater aufrechterhielt und von den Darstellern, die es bespielten, gab einem der Hausherr einen hübschen Spruch mit: *Schauspieler gewinnen die Herzen und geben die ihrigen nicht hin; sie hintergehen aber mit Anmut.*

Die Darsteller im Garten, die ausgesuchten Pflanzen, behielten sich also selber, gingen nicht zugrunde, und wenn man als Zuschauer Glück hatte, begegnete man ihnen auf ihrer Bühne immer wieder, größer, schöner und kräftiger als zuvor.

Sehr einleuchtend schienen in diesem Zusammenhang die unverwüstlichen Vergissmeinnicht, die im Plan mit ihrem botanischen Namen *Myosotis* standen. Meinen Garten hatten sie schon lang annektiert, und auch hier, auf dem gelben Frankfurter Boden, würden sie nicht enttäuschen. Was der Gartengraf Douglas von ihnen halten würde, wollte ich lieber nicht wissen. Aristokraten haben für Anarchisten aber manchmal insgeheim Sympathien, und das waren sie, die Vergissmeinnicht, Anarchisten. Ihre Auftritte in der Poesie –
Schön Mädchen geht, das Blümchen spricht:
Schön Mädchen, ach! vergiß mein nicht!
bei Gleim, oder:

Ein Blümchen ist so wunderschön
Gelobt von allen, die es sehn
bei Annette von Droste-Hülshoff – zeigten, die hatten
alle keine Ahnung. Klein oder schüchtern waren die
Blümchen überhaupt nicht, sondern sehr energisch und
perfekte Vertreterinnen der *Blauen Blume,* ohne die es
im *Romantik-Garten* nicht ging. An diese Gartenaufgabe
hatte ich bei meinem Besuch gar nicht mehr gedacht,
vielleicht, weil man sich bei der Interpretation
des Begriffs gern in allerlei Ranken verheddert.
Die waren ebenfalls vorgesehen – Glyzinien und Clematis.
Von der Glyzinie in Blau wurde erwartet, dass
sie sich auch in den Goethegarten jenseits der Mauer
hinüberbegeben würde. Clematis wuchs nach meiner
Erfahrung je nach Sorte zickig zögerlich oder unzähmbar.
Leider waren die Zickigen wie im richtigen Leben
die mit den schönsten Blüten.
Glyzinien produzieren gern ein eisenhartes, dickes,
verdrehtes Holzgeschlinge, wenn man nicht aufpasst.
Die meinige, ein halbes Jahrhundert alt, musste anlässlich
einer Fassadenrenovierung der Motorsäge zum
Opfer fallen. Einige Sägeblätter hatten sich an ihr die
Zähne ausgebissen, bis sie endgültig aufgab. Mir war,
als sähe ich bei der Hinrichtung einer guten Freundin
zu. Übrig geblieben war ein riesiger Wurzelknubbel am
Fuß meiner Terrasse, aus dem jedes Leben gewichen
schien. Drei Jahre nach dem Mord aber zeigte sich ein
Ärmchen und suchte nach Halt.

Tagelang hätte ich hinter der Scheibe vor der Baustelle sitzen, auf das gelbe Nichts schauen und die gezeichneten Gartenvorschläge auf meinen Knien studieren können. Was für die Schreiberin verachtungswürdig gewesen wäre, war für die Gärtnerin eine schöne Option: das Plagiat.

Funkien wären auch für meinen Garten eine gute Idee, dachte ich. Oder *Lerchensporn. Allium* hatte ich schon einmal gepflanzt, aber irgendwer hatte es mir weggefressen.

Man könnte es erneut versuchen, im nächsten Jahr, wenn alles wieder gut wäre, Menschenmengen sich in artiger Reihe an der neuen Gartenbühne vorbeibewegen und einander ohne Masken auf die Darsteller des *Romantischen* aufmerksam machen würden.

Der *Andeutung von Nutzbeeten* im Plan hatte ich bisher noch keine Aufmerksamkeit geschenkt. Die passte natürlich wunderbar zum Thema, und man sah vor seinem inneren Auge zart gewandete weibliche Gestalten, die etwas pflückten und in kleine Körbchen legten. Walderdbeeren, stand da, ja, das würde ohne Probleme gehen, und Liebstöckel, Bärlauch, Zitronenmelisse. Da waren schon ein paar ziemlich übergriffige Gesellen dabei, ich erinnerte mich an meine jahrelangen Kämpfe gegen Monstermelissen.

Na, die werden sich wundern, dachte ich friedlich.

Aber dann sah ich *Giersch* – da stand es, als Möglichkeit, zierlich aufgeschrieben, schwarz auf weiß:

Giersch.
Den darf man im Garten nicht mal beim Namen nen-
nen.
Herrschen lernt sich leicht, regieren schwer, schrieb
einst der Hausherr.
Giersch kann nur herrschen, regieren lässt er sich nicht.
Der Graf hätte ihn weggelassen.

HAUPTSACHE BUNT

Kleine Bluhmen wie auß Glaß
seh ich gar zu gerne /
durch das tunckel-grüne Graß
kukken sie wie Sterne.

Gelb und rosa / roht und blau
schön sind auch die weissen;
Trittmadam und Himmelstau
wie sie alle heissen.

Arno Holz

Von manchen Gartenträumen musste ich mich verabschieden, so traurig das war. Umso mehr Platz blieb
für die Gegenwart. Was bei mir wohnen wollte, tat es,
durfte es und lehrte mich eine neue Art der Dankbarkeit. Und was mich nicht mochte, war mein Bedauern
oder meine Sturheit einfach nicht wert. Also eben keine *Trittmadam,* keine vernünftigen Pfingstrosen – womit ich eigentlich ganz unvernünftige, üppige meinte –,
keine Malven. Dafür Waldgeißbart, bunter Klee und
Nesseln. Und die Königin von allen, die Akeleien.
Zum Glück der Streudosenblumen kommen wir später.
Es war ja mehr als genug Zeit in diesen Gartenmona-
ten, kaum Dialoge, kaum Wettbewerb – eigentlich gar
keiner –, eine Verzagtheit, die sich am besten von kleinen Dingen trösten ließ, wurde zur Grundstimmung.

Die Welt, deren Lauf zu beeinflussen man sich in Jugendtagen fröhlich zugetraut hatte, war noch mehr aus den Fugen geraten als sowieso schon, und verändern konnte man sie, wenn überhaupt, nur auf einer Handvoll von Quadratmetern.

Akeleien waren für mich schon immer ein großer Trost. Man fand sie überall, wo man sie nicht suchte, und im Gegensatz zu den Vergissmeinnicht versteckten sie sich, als hätten sie Angst, man würde ihnen den Garaus machen. Wenn sie sich dann zeigten, triumphierten sie mit ihren Farben und Formen:

Das hättest du uns nicht zugetraut!, schienen sie zu sagen, mit ihren zwischen Lilien, Glockenblumen und Orchideen changierenden Blütenformen und ihren Farben.

Ich hatte einen Schriftstellerkollegen, einen wirklichen Gartenkönner und -kenner, der sie hasste. Vor Jahren schon war ich verwundert darüber, welchen Zorn eine hübsche Blume auf sich zu ziehen vermochte. Ich versuchte, ihn zu begreifen.

Sie haben etwas Hämisches, sagte er.

Ich grübelte. Sie widersetzten sich seinen Plänen, so viel war klar, das konnten Gartenmänner oft nicht leiden. Aber andere Pflanzen taten das auch, über die sprach er mit viel mehr Nachsicht. Nicht einmal Löwenzahn machte ihn so wütend wie die schönen, unordentlichen Akeleien. Vielleicht nahm er ihnen übel, dass sie edel aussahen und es gar nicht waren. Er mochte wahrscheinlich überhaupt keine Blumen, eher ernstes und formbares Grünzeug. Ich wollte nach meinen jahrzehntelangen Experimenten mit ebendem am liebsten nur noch Blumen um mich haben, damit sie *wie Sterne kukken*, und wenn sich mein Garten über Nacht in eine blühende Wiese verwandelt hätte, wäre ich nicht böse gewesen. Das tat er natürlich nicht, sondern alles, was ich schon jahrelang eher halbherzig gehegt hatte, wollte weiter erhalten werden. Weil ich meinen Buchsen nicht hatte helfen können, war ich besonders dünnhäutig geworden, auch die Sterberei von allerlei anderen Jahrhundertpflanzen in meiner näheren Umgebung beunruhigte mich zunehmend. Überleben, darin war manches Gewächs richtig gut, sonst konnte es nichts. Aber das war falsches Denken und einer Naturfreundin nicht würdig, und undankbar war es außerdem. Ich sollte Leben unterstützen und nicht auf Belohnung hoffen, aber das fiel mir immer schwerer. Die Pandemie förderte eine Sehnsucht nach schnellem, heftigem Glück.

Jene Brautmyrte, deren Einzug ohne mein Zutun geschehen war, erwies sich als dessen Gegenteil. Ich hatte vor Jahren einen entlaufenen Dackel gefunden, und seine glücklichen Besitzer brachten mir eine Flasche Wein und ein winziges Myrtentöpfchen als Dankeschön. Eine hausgroße alte Myrte, die in einem botanischen Garten wohnte, war mir schon einmal eine Geschichte wert gewesen, aber dass sich das Minitöpfchen in diese Richtung entwickeln wollte, ahnte ich nicht. Es wuchs, ich topfte es um. Es wuchs weiter, ich topfte weiter um. Es brauchte mehr Platz, ich war beeindruckt und gab ihr welchen, der Myrte. Ich sagte jetzt *Sie* zu ihr.

Sie war trinkfreudig und rollte sofort die Blättchen zusammen, wenn nicht genug Wassernachschub da war. Sie blühte niemals, dafür roch sie sehr gut. Als sie ungefähr einen halben Kubikmeter einnahm, begann ich, sie zu stutzen. Das lohnte sie mir mit noch energischerem Wachstum. Mit ihr war in meinem Garten wieder etwas gelandet, was ich seit langem *Affenbrotbäume* nannte. Viel zu groß, nicht besonders schön und herrschsüchtig.

Der Winter vor der Pandemie, dieser nette, einigermaßen normale, wenn auch zu warme Winter, als man noch keine Ahnung hatte, wie das Leben sich verwandeln würde, hatte ihr den Garaus gemacht, meiner Riesenmyrte. Sie war auf einem ziemlich ungeeigneten Platz im Keller gelandet, das Wasser hatte sie nicht richtig erreicht – kurz: Die ganze Riesenpflanze war trocken wie Heu, ihre Blättchen rieselten und dufteten trübsinnig vor sich hin. Das stellte ich im frühen Frühling des Corona-Jahres fest und dachte, na ja, nichts ist ewig. Die ganze Welt wurde von Tag zu Tag unheimlicher, was galt da schon eine ungeliebte Pflanze, die außer grün sein, gut riechen und wachsen nichts konnte? Als ich den Topf zur Biotonne schleppte, sah ich ein

Zweiglein. Sie hatte ein frisches, grünes Zweiglein getrieben. Trotz? Verzweiflung? Und warum zum Teufel kam ich nicht von meiner dämlichen Sentimentalität los?

Ich konnte sie nicht wegschmeißen. Am Ende des Jahres war sie fast wieder so groß wie zuvor, je mehr ich das Verdorrte gestutzt hatte, desto ungestümer wuchs sie, glänzende, grüne, duftende Blättchen über und über. Eine wahre Wiederauferstehung. Man konnte von ihr lernen. Diesmal würde sie für den Winter ins Treppenhaus ziehen, mit einer Kanne neben sich. Bald war es so weit, dieses unheimliche Jahr ging zu Ende. Ich schaute meine Gewächse anders an, das galt auch für den Russischen Wein meiner Mutter, ein ebenso unansehnliches wie unverwüstliches Gewächs. Seit bald dreißig Jahren sagte ich beim herbstlichen Reinräumen und beim Rausräumen im Frühjahr: *Aber er ist doch von meiner Mutter.*

Er war in den Jahrzehnten weder schöner noch hässlicher geworden, er war einfach er selber, stumpfgrün und krautig. Mir fiel irgendwann ein, dass schon meine Mutter ihn mit dem Seufzer *aber er ist doch von Tante Frieda* durch ihr Leben geschleppt hatte.

Manchmal vergaß sie, genau wie ich, ihn zu gießen. *Ach, das macht doch nichts,* sagte er dann, wenn man ihm aus schlechtem Gewissen doch was zu trinken gab. *Ich brauche ja nur ganz wenig, bin mit allem zufrieden.* Das hätte wörtlich von Tante Frieda sein können, sie

war die fromme Schwester meines etwas weniger from-
men Großvaters gewesen und seit mehr als einem halben Jahrhundert tot.

War ich ein florales Pflegeheim geworden? Eine Pflan-
zenpalliativstation? Das Virus hatte unsinniges Mit-
leid genauso gefördert wie den dringenden Wunsch
nach Brutalität, jene von Vita Sackville-West abgeseg-
nete *Grausamkeit des Gärtners*.

Ich hätte so gern in Farben geschwelgt, *Schöne des Tages* um mich gehabt statt ältlichen Erbgrünzeugs. Bloß
keinen Anspruch auf Langlebigkeit und ähnliche trügerische Hoffnungen, einfach im Jetzt. Glaubenskriege
hinsichtlich der Farben waren mir vollständig gleichgültig geworden, mich hätte nicht einmal Rosa neben
Gelb gestört – *gelb und rosa*, wie bei Arno Holz –, obwohl man von der Kombination Augenkrämpfe bekam,
wie ich früher mal gelernt hatte. Mehr noch: *Ein ele-
ganter Garten trägt kein Gelb!*

Ausgemachter, dekadenter Blödsinn. Wie ich mich
nach den knallgelben Forsythien im Frühjahr sehnte,
die mir in die Augen schreien würden, es sei ein neues, befreites Jahr angebrochen!

Stattdessen war der Wahn mit dem weißen Garten unausrottbar, er war die Königsdisziplin. Ich hatte mir
das auch mal gewünscht, aber Purismus ging mir schon
seit je gegen die Natur, im wahrsten Sinn des Wortes.
Und jetzt, im Spätherbst des schrecklichen Jahres, wollte ich alles lieber sehen als die Farbe Weiß.

Im vorletzten, dem unbeschwerten Sommer hatte ich die Streudosen entdeckt. Es gab sie nicht nur in den Gartencentern, sondern plötzlich in jedem Supermarkt, und im Gegensatz zu den klassischen Samentütchen waren sie billig. Denen zu misstrauen hatte jeder Gartenliebhaber und jede Gärtnerin längst gelernt, was nicht hieß, dass man nicht immer wieder die teuren Päckchen mit den völlig unrealistischen Bildern heimschleppte. Die Streudosen versprachen gar nichts – sie waren Wundertüten mit der Option, dass vielleicht überhaupt nichts oder Unerwartetes oder gar Missliebiges wachsen würde. Die Bildchen auf den Dosen ließen nicht wirklich etwas erkennen, *Bestandteile* waren eher vage aufgelistet und bei *Bunte Bienenweide* oder *Pinker Traum* konnte man seiner Phantasie freien Lauf lassen.

Streuen und vergessen, dachte ich vor einem Jahr, als hätte ich geahnt, dass die Zeit der Ordnung, der Planbarkeit und der Zuversicht bald vorbei wäre und dass die bunte Schlamperei, die ich da angerichtet hatte, eine Quelle der Freude bis in den Winter hinein werden würde. Noch in der bösen zweiten Welle der Pandemie, im fahl und kahl gewordenen Garten, ließen sich Tagetes und Astern blicken und machten Mut. Wenn maskierte Menschen mit abgewandtem Blick und krummem Rücken an meinem Gartenzaun vorbeihasteten, hätte ich ihnen gern das eine oder andere Blümchen gezeigt. Aber da reichte es schon lang nicht mehr für solche Versuche, dem viralen Autismus etwas entgegenzusetzen. Ich war ja längst wie die anderen geworden, versteckt, ängstlich, misstrauisch. Nur die kleinen, bunten Überraschungen retteten mich manchmal oder sie brachten mich zum Lachen. Das gelang vorzugsweise Blumen, die ich eigentlich nicht ausstehen konnte, den schon erwähnten *Tagetes* zum Beispiel. Freiwillig hätte ich sie bei mir nie reingelassen. Sie stanken und waren altmodisch, haltbare Grabbepflanzung, pflegeleicht und unverwüstlich. Man nannte sie sogar *Totenblumen*. In der Poesie spielten sie keine Rolle, und ihre Farben waren aufdringlich. Nicht einmal die Schnecken mochten sie, aber selbst das versöhnte mich nicht mit ihnen. Und jetzt, im beginnenden Winter, die Nase mehr als voll von der immer wieder schöngeredeten Garteneinsamkeit, meiner *splendid covid isolation,* freute ich mich wie verrückt über die orangebraunen Puschel, die da überall auftauchten, weil sie sich im Streugut versteckt hatten. Plötzlich gefiel mir ihr anderer Name, *Studentenblumen,* ganz gut. Unbekümmert, robust, in den Tag hinein lebend, was hatte ich nur gegen sie gehabt? Sie schienen es mir nicht übel zu nehmen und produzierten unermüdlich Knospen, bis in den tiefen Dezember hinein. Der war wieder zu warm, in den Medien tauchten selten und eher pflichtschuldig Erinnerungen an das Monster namens *Klimawandel* auf. Den dürfe man über der weltweiten Viruskatastrophe auf keinen Fall vergessen, hieß es, und dann vergaß man ihn wieder.

Unter den Pflanzen waren ein paar Katastrophengewinner, ich hatte das auch bei den Insekten festgestellt, ohne jeden statistischen oder wissenschaftlichen Anspruch. Man musste es nehmen, wie es kam, und wenn blaue Astern im Dezember mich über Virus, Trockenheit und Artensterben trösten wollten, nur zu. Es gab plötzlich viele von ihnen, auch sie Streudosenkinder. Nicht Herbstastern, die kriegte man in jedem Supermarkt als Pflanze, und man konnte ihnen nach wenigen Tagen beim Sterben zuschauen, sondern robuste, edle, mit höchstens fünf Blüten pro Stiel, langlebig und leuchtend.

Etwas
kommt ungebeten in die Welt
und ruft Unordnung, Unordnung –
Die das geschrieben hatte, hieß *Louise Glück* und war die Literaturnobelpreisträgerin in diesem Jahr ohne Buchmessen, ohne Preisverleihungen, ohne Festbankette, ohne den ganzen schönen Radau des sogenannten Literaturbetriebs. Als Glücks Name bekannt wurde, guckten fast alle hektisch nach, wer sie wohl sein mochte. Die Nachrichtensprecherinnen hatten sie zu Beginn *Glück* genannt, dann wussten sie es besser und sagten *Glick. Wilde Iris* hieß der Gedichtband, den man hervorklaubte, und die Gedichte über Gärten, Blumen und den Tod schienen mir ins Gewissen zu

reden. Vielleicht lag es an den Übersetzungen von Ulrike Draesner, dass sie mir vorkamen, als seien sie allein für mich gemacht. Das denkt man bei guten Gedichten eigentlich immer. Ich glaubte nicht an einen Zufall bei diesem Literaturnobelpreis, auch nicht an irgendwelche politischen oder geopolitischen Erwägungen, wie es früher oft der Fall gewesen war. Die spröden, strengen Dinger waren der perfekte Subtext für das ganze verdammte Jahr.

Ich brauche euren Beifall nicht,
um zu überleben. Ich war als erste hier,
vor euch, lange bevor
ihr einen Garten anlegtet.
Und ich werde hier sein, wenn nur Sonne und Mond
übrig sind, und das Meer, und das weite Feld.

Ich werde es sein, das Feld.

Das Feld wollte ich in meinen Garten lassen, nicht das kultivierte, sondern das wilde, das, was Glück meint, wenn sie in ihren Gedichten über die Pflanzen schreibt, die stärker sind als jene, denen wir immer wieder, fast hilflos, den Boden unserer Gärten bereiten. Ich hatte das eingesehen, und dann kamen diese Gedichte. Sie trösteten mich nicht wirklich, dafür waren sie zu unnachsichtig.
Getröstet haben mich die Streudosenwunder, die einen

Vorgeschmack vom *Feld* aufgehen ließen. Kornblumen zum Beispiel, die eine oder andere Margerite. Hafer – der konnte sich allerdings auch aus dem Vogelfutter gerettet haben –, wilder Senf, Raps. Fehlten nur ein wenig Hanf oder Kuckucksnelken. So viel wusste ich mittlerweile: Was ich unbedingt haben wollte, würde nicht wachsen.

Sie, die es getan hatten, brauchten wahrhaftig *meinen Beifall nicht*, sie bekamen ihn dennoch. Mit den Streudosen konnte man auch andernorts Glücksversprechen unterbringen, ich war erst am Beginn meiner Überlegungen. Eine hübsche Art, die Pandora-Sage zu variieren und sich vorzunehmen, Stellen im Gedächtnis zu behalten, die man bestreut hatte. Blumen freizulassen schien mir etwas Wunderbares.

Louise Glück schrieb:

Und ich kann nun tun, was mir gefällt,
mich anderem zuwenden, im Vertrauen darauf,
dass ihr mich nicht mehr braucht.

Ich glaubte nicht, dass ich mich jemals anderem zuwenden würde. Wenn einst alles wieder gut sein wird, werde ich nach ihnen schauen.

SCHÖNER STECHAPFEL

Nicht gar zu fern vom Tor blühte eine
Datura fastuosa *(schöner Stechapfel) mit*
ihren herrlich duftenden großen
trichterförmigen Blumen in solch glanzvoller
Pracht, daß Eugenius mit Scham an die
ärmliche Gestaltung dachte, die dasselbe
Gewächs in seinem Garten zeigte.

E. T. A. Hoffmann, Letzte Erzählungen II.
Datura fastuosa

Es mögen mittlerweile dreißig Jahre sein, dass ich diese Monster in meinem Garten mäste. Wie alles Mons-
tröse hatten sie klein angefangen, rührend und faszi-
nierend. Als Kerne in Töpfen, fünf an der Zahl, und alle
fünf keimten. Und wuchsen, wuchsen, wuchsen. Wie
bei der Meise, die einem Kuckuckskind beim Wachsen
zuschaut, schlug auch bei mir der Stolz (so ein Riesen-
baby!) bald in Schrecken um. Wie die Meise Unmengen
an Futter ranschaffen muss, verlangten die geheimnis-
umwitterten Daturen von mir, ihrer Besitzerin, Wasser und noch mehr Wasser. Vom Dünger kriegten sie
nie genug. Und alle naslang wurden ihnen die Töpfe
zu klein.
Sie sind echte Fresser!, sagte eine befreundete Gärtnerin nicht ohne Bewunderung.

Ja, das waren sie, und das sind sie noch immer, Fresser und Säufer, aber die Zeiten, dass sie es mir lohnten, sind schon länger vorbei.

In der Blüte ihrer Jahre, was man bei einer so maßlosen Pflanze mit Recht sagen kann, empfing einen ihr Duft, kaum war es Abend geworden, schon hundert Meter vom Haus entfernt. Fremde Menschen hielten ihre Nasen in die Luft, voll Glück, und ich war furchtbar stolz. Ihre Blütenglocken hingen brav, rechtzeitig im Sommer dutzendfach, ach, was sage ich, hundertfach an den Ästen, cremeweiß. Zwei hatte ich weggegeben, aber die sind bei den neuen Besitzern verhungert und verdurstet. Das sollte nie mehr geschehen. Drei waren übrig, übergenug für meinen kleinen Garten. Das sahen liebe Menschen nicht so, ich bekam noch eine Datura geschenkt, sie hatte eine andere Farbe als meine selbstgezogenen. Daran erkenne ich sie.

Wenn sie denn blühte.

Wenn sich überhaupt irgendeine von ihnen dazu herabließ, zu blühen, und sich nicht mit dem zufriedengab, was E. T. A. Hoffmann in seiner wahrhaft schrägen Geschichte von der Datura eine *ärmliche Gestaltung* nennt.

Sie waren faul geworden, meine Stechäpfel und Engelstrompeten, faul, aber genauso anspruchsvoll wie ehedem, und ich nährte sie Sommer für Sommer nicht nur mit Unmassen von Wasser und Dünger, sondern auch mit Hoffnung.

Seit einigen Jahren hatte ich ein Mantra, das ich ihnen vorsprach, während starke Helfer die Monster zum Überwintern in die Waschküche schleppten.

Ihr werdet alle geschreddert. Im Frühling beginnt eure letzte Chance.

Ich schwöre, dass sie sich da unten in ihrem wirklich komfortablen Winterquartier unterhielten.

Lass mal was rauswachsen, damit die Alte gerührt ist.

Und weil sie ja jede Woche von mir gegossen wurden, damit sie um Himmels willen nicht austrockneten, entspross dem einen oder anderen ihrer schrundigen Stämme mitten im kalten Winter ein Blättchen, das zum stattlichen Blatt wurde. Und ich war zuverlässig gerührt.

Allein diese Stämme! Die Pflanzen sahen mittlerweile aus wie brutalistische Holzplastiken aus den Achtzigern, höchst eigenwillig, grob und etwas bedrohlich.

Wer macht denn in dem Jahr ein paar Blüten? Wer ist dran? Damit sie nicht im Herbst wieder mit ihrem Schreddergerede anfängt?, fragten sie einander Mitte, Ende April.

Auch in diesem Jahr, in dem sich alles änderte, hatte ich zu dem Zeitpunkt schon die wahnsinnig teuren Tabs gekauft, welche den *Dickmaulrüssler* von den anspruchsvollen Ungeheuern fernhält. Der Name hatte mich immer fasziniert, einen leibhaftigen habe ich aber bis zum heutigen Tag noch nie gesehen. Nur die Löcher in den mächtigen Blättern, die angeblich dieses Tier nachts reinfrisst. Die wollte ich meinen lieben Engelstrompeten ersparen, während sie sich in der Spätfrühlingssonne ans Wachsen machten. An Blättern ließen sie es nie fehlen, riesige Dinger, allerdings machten sie schlapp, wenn man auch nur einmal das Gießen vergessen hatte. Urlaub ging eigentlich nicht, keine Ferienvertretung hätte verstanden, wie verzogen diese Riesenbabys waren.

Vielleicht war es bei mir im Garten nicht dämonisch genug. Hoffmanns Erzählung legt nahe, dass die Datura Teufelskraft braucht, um zur vollen Schönheit zu kommen. In der Geschichte, in der die titelgebende Pflanze erst nach sechzehn Seiten ihren Auftritt hat, heiratet der Student Eugen die Witwe seines Botanik-Professors. Deren Lieblingspflanze ist die Datura, die aber in den professoralen Gewächshäusern nichts Rechtes geworden ist. Eugen ist ein tumber Tor von zwanzig, die Professorin sechzig (Hoffmann nennt sie ein ums andere Mal *die Alte*, was ich unverschämt finde).

Sie ist trotz des etwas merkwürdigen Ehearrangements eine Art Heilige, dann gibt es noch ein unschuldiges Mägdelein und eine finstere Gruppe von Verführern. Die haben einen Zaubergarten nebst Zauberfrau, und eine zauberhafte Datura, die in verschwenderischer Pracht blüht. Der tumbe Tor fällt natürlich auf alles Blendwerk und die schöne Frau rein und lässt der Professorin, die er loswerden will, die tolle Datura als

Mordwerkzeug zukommen. Klappt alles nicht, *die Alte* stirbt von selber, und Eugen freit das unschuldige Mägdelein. Was allerdings aus der mörderischen Superdatura geworden ist, erzählt Hoffmann nicht.

Ob sie sie geschreddert haben? Ich war also so schlau wie zuvor.

Als ich vor Jahrzehnten die harmlosen Kerne in die Töpfchen steckte, war es eigentlich nur jene unausrottbare Neugier, die ein Zeichen für Gartenlaien wie mich ist.

Kommt da wirklich was raus?

Und wie groß wird es?

Es gab ja noch nicht die unendlichen Informationsquellen von heute, die, das will ich nicht verhehlen, oft eher für Verwirrung als für Erkenntnis sorgen. Für das spätherbstliche Zurückschneiden der Daturen gibt es im Netz Tausende von Ratschlägen, viele davon in Befehlsform. Sie widersprechen einander in jenem jeweils alleinseligmachenden Ton, der auch in anderen Zusammenhängen schwer zu ertragen ist. Was die bewusstseinserweiternden Fähigkeiten meiner lieben Engelstrompeten angeht, bietet das Netz sehr Verlockendes. Es verhehlt aber auch nicht, dass die schönen Stechäpfel das Bewusstsein so gründlich zu erweitern vermögen, dass zum Schluss gar keins mehr da ist.

In Christian Rätschs *Enzyklopädie der psychoaktiven Pflanzen*, einem etwa drei Kilo schweren Werk, kann

man sich ganz gefahrlos schwindelig lesen und dabei feststellen, dass meine Engelstrompeten und ihre sehr zahlreiche Verwandtschaft mit Cannabis und Konsorten durchaus mithalten können. Die *heilige Datura* heißt auch *Pflanze, die einen schielen lässt* oder *Pflanze, die verrückt macht.* Sie ist ein Nachtschattengewächs wie die Kartoffel.

Während ich dies schreibe, ausgerechnet am elften September 2020, schaue ich aus dem Fenster meines Arbeitszimmers auf zehn einigermaßen vielversprechende Knospen. *Ärmliche Gestaltung,* vergleichsweise. Übrigens war Hoffmann in seiner Erzählung ein Fehler unterlaufen: Er lässt seine frischverlobte Professorenwitwe morgens an ihrer geliebten Datura schnuppern – morgens riechen die allerdings gar nicht, das tun sie nur am Abend und vor allem in der Nacht.

Meine Datura – trotz Antidickmaulrüsslerdröhnung durchlöchert wie ein Schweizer Käse – hatte schon im Mai ein Dutzend Knospen gezeigt, ausgerechnet den Zweig fetzte ein Sturm weg. Danach war sie beleidigt und ich auch.

Jetzt begann wieder das bange Spiel: Kriegt sie die Blüten noch auf, bevor sie zum Winter runtergeschnitten wird? Oder kam wieder das Allerschrecklichste, nämlich das Abschneiden der Knospenzweige, weil das verdammte Ding wieder jahreszeitlich nachging? Ach, das hatte ich alles schon durchlitten, saftige Blätterberge, fleischige Stiele, an manchen Knospen guckten unten schon die Zipfelchen raus – aber eben im November. Also abgehackt und ab in die Tonne. In die Vase stellen brachte überhaupt nichts, da vermatschten sie umgehend. Auch dafür gibt es einen Haufen Ratschläge von den Experten im Netz mit doofen Nicknames, aber die Monster tun, was sie wollen, und lassen, was sie nicht wollen. Die, auf die ich schaue, ist von den vieren die einzige, die wenigstens ein Versprechen gibt. Sollten die anderen irgendwas vorhaben, verstecken sie es gekonnt. Schaffen werden sie es sowieso nicht mehr.

Die Entscheidung musste ich also vor dem Winter treffen – tat ich mir das noch einmal an? Alle kommenden Jahre wieder Hoffnung ohne Belohnung? Oder im besten Fall mit einer ganz kleinen, einem floralen Trostpflaster? Sklavin eines unersättlichen und anspruchsvollen Gewächses? Allerdings treibt man selber ja auch nicht mehr gar so viele Blüten, manches Vorhaben bleibt Versprechen und wird nicht eingelöst.

In der langen Zeit unseres Zusammenseins habe ich viele Fähigkeiten meiner halluzinogenen Ungetüme überhaupt nicht gewürdigt. Außer ihnen zu dienen, ihre Blüten zu bewundern, so sie denn da waren, und dann nachts den wirklich einzigartigen Duft zu genießen, war ja nichts. In Mexiko dürfen nur Schamanen sie anfassen. Man kann alle ihre Teile, Wurzeln, Blätter, Blüten, Früchte, entweder rauchen oder essen, einatmen oder sie sich zerrieben mit Schweineschmalz auf den Bauch schmieren. Man kann feine Zigarren aus den Blättern wickeln. Mancherorts wird das Zeug ins Maisbier oder in den Schnaps gerührt, um deren Wirkung zu erhöhen. Daturen gelten als böses Kraut der Götter, aber auch als deren großes Geschenk. Sie machen wirr, lassen einen über die ganze Erde fliegen oder sämtliche Geheimnisse der Philosophie mit einem Schlag begreifen.

Was zum Teufel hatte mich all die Jahre davon abgehalten, wenigstens etwas davon auszuprobieren? Mein kluger Freund Paul Parin pries die Segnungen von Drogen im Alter. Er war der Meinung, mit deren Hilfe hätte es viele seiner Schrecken verloren. Ich hatte ihn so verstanden, dass man auch ohne Substanzen geistig schwer nachlasse und dass die Gefahr der Gewöhnung zu vernachlässigen sei, wenn's überschaubar wird mit dem Leben.

Einstweilen gebe ich mich mit den Freuden der Theorie zufrieden, das ist ein wenig feige, aber bekömmlich. Hexen, Zaubern und Wahrsagen soll man nach dem Genuss ebenso gut können wie erfolgreichen Liebeszauber ausüben.

Ach, ich fürchte, ich bin mit der Neuentdeckung meiner Pflanzen ein wenig spät dran. Wer sollte mich denn noch hexen sehen wollen, von allem anderen ganz abgesehen?

Gegen Fieber und Gicht sollten sie auch helfen. Das

würde vielleicht eher passen. Weit, weit weg schienen die Zeiten, da Genies alle ein wenig *drauf* sein mussten, um sich als solche zu fühlen. Das Fliegenlernen war aus der Mode gekommen, sogar das ganz normale Fliegen hatte pandemisch und klimapolitisch gesehen keinen wirklich guten Leumund mehr.

Wenn halt nur die Liebe nicht so irrational wäre. Schiere Größe, schiere Nutzlosigkeit, gepaart mit immer wieder geweckter Hoffnung auf mehr, all das ergibt eine unwiderstehliche Mischung.

In diesen gefühlten *hundert Jahren Einsamkeit* während der Pandemie habe ich eine immer größere Zuneigung zum Nutzlosen entwickelt. Vielleicht weil einem alle Welt mit ihrem bigotten Achtsamkeits-, Ordnungs- und Verzichtskrempel auf die Nerven ging.

Voll Rührung hatte ich die Geschichte vom Züchter eines Riesenkürbisses in der Zeitung gelesen, der sein Baby pro Tag mit fünfhundert – fünfhundert! – Litern Wasser versorgte. Bäche vertrockneten, Talsperren ließen versunkene Dörfer wiedererscheinen, und die Kokskonzentration im städtischen Trinkwasser stieg. In den Taunusdörfern schlichen sich die Menschen nachts mit Kännchen zu ihren seufzenden Hortensien, und der Mann schüttete einem orangen Trumm vom Gewicht eines Kleinwagens fünfhundert Liter Wasser hin. Täglich.

Überflüssig zu sagen, dass man mit diesem Kürbis

nichts wird anfangen können, also nichts Nützliches oder Nahrhaftes. Man konnte ihn nur anschauen.

Ich finde das großartig.

Es ist eben die Liebe. Die Meise liebt den Kuckuck wahrscheinlich auch, und ich liebe meine Teufelspflanzen mit allen ihren Fähigkeiten, von denen ich nichts habe. Wie das die anderen Datura-Besitzer bei mir in der Gegend handhaben, weiß ich nicht. Doch, es gibt welche, und bei dem oder der einen war ich schon mehr als einmal drauf und dran zu klingeln. Bisher habe ich mich geniert.

Entschuldigen Sie, womit düngen Sie denn Ihre Datura?

Obwohl natürlich genau so eine Frage der Beginn einer wunderbaren Freundschaft sein könnte.

Eine Pflanze nimmt einen kleinen Plattenbaubalkon vollständig ein und ist fast jeden Sommer über und über mit Blüten behängt, ordentlich nebeneinander wie Socken an einem Wäscheständer. Ihre Blüten haben die gleiche Farbe wie meine Daturen, wenn sie denn welche zeigen.

Es gab noch eine andere, ganz in der Nähe, in einem Hauseingang, die wurde immer völlig runtergeschnitten und jedes Jahr dachte ich, das wird nichts.

Und dann wurde es doch was.

Nicht zu vergessen die mit den aufrechtstehenden Blüten, die mexikanische, die in einem abscheulichen Waschbetonbecken an einer Hauptverkehrsstraße wie

Unkraut wächst, obwohl ich nie jemanden gesehen habe, der sie gießt.

Dieses Jahr schwächelten alle ein bisschen. In jedem anderen Jahr wäre ich schadenfroh.

In diesem nicht.

MAGISCHE PILZE

O Pilz, hältst du als letzter aus
Wenn alles geht zu Endchen
In unseres Vaters Weltenhaus
Doch sag, mit welchem Händchen
Löschst du die Lichter, wie man soll,
beim allerletzten Lebewohl?
Gibst du der Alge noch ein Fest –
bevor auch sie den Ort verlässt?
Es lebe euer Untergang.
Der unsere war dann schon.
Schon lang.

E.D.

Im Juli waren sie aufgetaucht, hübsche, weiße Pilze mit rosabraunen Lamellen. Sie hockten im Moos, das für ein wenig Grün sorgte. Eigentlich mögen es Pilze feucht, wie Schnecken, aber es war trocken wie schon im letzten und im vorletzten Jahr. Ich hatte zwar gewusst, dass mein Garten sich an manchen Stellen gern waldig aufführte, mit Farnen und Fichtenschösslingen – aber Pilze waren noch nie bei mir gewachsen. Ich roch an einem, knabberte ein kleines Stück ab und durchforstete das Internet, schlauer machte mich das nicht. Wollten die mich in diesem verrückten Sommer erfreuen oder vergiften? Oder beides? Pilze haben bekanntlich verdächtig viele Talente. Ich sammelte ein paar ein und trug sie zum Gemüsemarkt. Es war ein edler Gemüsemarkt, und weil das Virus bei großen Teilen der Bevölkerung zu Kochanfällen und Verfressenheit geführt hatte, gab es eine reiche Auswahl von allem, auch von Pilzen. Gradezu dekadent viele Sorten ruhten da in ihren Körbchen, obwohl doch noch gar keine Pilzsaison war, chinesische, polnische, gezüchtete, wilde, alle zu stolzen Preisen. Man hätte sie eigentlich einzeln auf silbernen Tellerchen verkaufen müssen.

Ich hielt meine Ernte unbemerkt neben ein paar teure Champignons. Sie ähnelten einander, ich fand meine sogar attraktiver. Allerdings zeigten sie eine schwefelige Farbe am Fuß.

Nicht gut.

Es waren jeden Tag mehr geworden, sie bildeten Nester, keine Hexenringe. Eigentlich gefielen sie mir, wie alle Pilze waren sie aber auch ein wenig unheimlich. In meinem schwergewichtigen Lieblingsbuch über die *psychoaktiven Pflanzen* hatte ich vorher ein wenig herumgesucht, aber außer dass der Autor auf dem Foto so aussah, als kenne er sich mit besonderen Pilzen sehr gut aus, war nichts rauszufinden. Das Buch nahm ich mir immer mal wieder vor, weil es einem das angenehm sündige Gefühl vermittelte, der harmlose eigene Garten sei in Wahrheit eine Hexenküche, ein Drogenlabor, man musste nur wollen. Harmlos war nach diesem Buch nicht einmal ein Gänseblümchen.

Im Gemüsemarkt hatte man mir bei meiner Schwammerlrecherche nicht weiterhelfen können.

Hmmm, sagte ein kompetent aussehender Verkäufer, *also das weiß ich jetzt auch nicht.*

Würden Sie sie essen?, fragte ich.

Auf gar keinen Fall, antwortete er.

Das konnte viele Gründe haben. Wo käme denn so ein Laden hin, wenn die Leute da mit ihrer eigenen Petersilie oder ihren Rüben auftauchten und um eine Qualitätskontrolle bäten? Ich hatte kurz erwogen, meine Ernte zwischen die Teuerchampignons zu schmuggeln, wagte es aber dann doch nicht. Mir war schon länger aufgefallen, dass das Tragen der Maske zu einem Ansteigen meiner kriminellen Energie geführt hatte. Immer mehr unbotmäßige und widerständige Gedanken sammelten sich hinter dem vorschriftsmäßigen Vlies, FFP2. Aber in die Gefahr, Tage später in der Zeitung zu lesen, ein Vergiftungsausbruch, ein kollektiver Rausch sei lokalisiert worden, wollte ich nicht geraten. Ausbruchsverfolgung. Superspreader. Hotspot. Nur nicht. Ich schmiss meine unheimlichen Eigenbauschwammerl weg.

Zu Hause im Garten hatten sich während meiner kurzen Abwesenheit neue ins Moos gesetzt, rundlich, knackig und verführerisch.

Wann hatte man eigentlich angefangen, überall Zeichen zu sehen, in Dingen, die man vorher für alltäglich oder gleichgültig gehalten hatte? Das ging nicht nur mir so, das wusste ich.

Wären die Pilze in einem normalen Sommer aufgetaucht, hätte ich gedacht, sie seien mit irgendwelchem Dünger oder einer Erde eingeschleppt worden. Sie hätten mich wahrscheinlich amüsiert, weil mich Unerwartetes meistens amüsierte. Ich mochte Gärten, die Witze machten.

Warum hielt ich die Dinger jetzt für ein Endzeitzeichen? War ich verrückt geworden? Waren wir alle irgendwie verrückt geworden?

Entschlossen rottete ich sie aus. Der Komposteimer füllte sich mit einer wohlriechenden weiß-rosa Masse. Schön waren sie, wirklich schön. Einen haben wir fotografiert, ein besonders prachtvolles Exemplar.

Auf dem Foto hatte er eine Aura. Er trug eine Art Schein um sich, und nein, es lag nicht am Smartphone. Die anderen Bilder sahen ganz normal aus. Trotz Bearbeitung blieb dieser Schein.

Ein paar Pilze hatte ich übersehen und fand sie Tage später, braun und schlapp geworden, ganz normal gealtert eben. Den Schnecken hatten sie offenbar geschmeckt, die Hüte waren angefressen.

Schon früher hatte ich mich gefragt, was mein Garten ursprünglich gewesen war, bevor in der Gegend gebaut, zerstört, wieder gebaut und wieder zerstört worden ist. Rings um ihn herum drängelten sich mittlerweile Häuser, die meisten seiner Nachbargärten hatten schon lang weichen müssen. Der direkte Nachbargarten, ein etwas düsterer Ort, an dem gleichwohl viel gefeiert worden war, diente nun als Parkplatz, für dessen Benutzer meine trennende und verbergende Hecke ein Ärgernis war. Heckenkriege führte, wer seinen Platz verteidigte. Aber was war vor alldem? Woher, aus welcher Vergangenheit hatten sich die Pilze ans Licht gedrängt?

Alphonse Karr war zweihundert Jahre vor mir durch seinen Garten gereist, ein kluger und illusionsloser Beobachter, der Pflanzen und Tiere liebte, aber nicht die Menschen.

Alles spricht uns vom Tod, schrieb er.

Das Haus, in dem wir wohnen, ist gebaut worden für einen Mann, der seit langem tot ist, von Maurern, die tot sind. Die Bäume, unter denen wir träumen, sind gepflanzt worden von Gärtnern, die tot sind.

Er führte das genüsslich weiter aus, bis zu den gebratenen Tierleichen auf seinem Teller und den gegerbten Leichen an seinen Füßen und den Fässern längst toter Winzer, in denen sein Wein gegärt hatte. Meine Pilze passten da gut hinein, in dieses *Memento mori*, sie waren auf etwas Vergehendem gewachsen, oder auf etwas Totem.

Eine Art schleichender Fatalismus hatte sich während der Pandemie breit gemacht, unterfüttert mit Schuldzuweisungen in alle Richtungen. Ich mied das Inter-

net, so gut es eben ging, damit mein Hirn nicht noch mehr Pilzbefall überstehen musste. Aus der offiziellen Außenwelt wurden einem Zahlen, Kurven, Statistiken und Verlaufsprognosen zugerufen, eine beängstigende Kakophonie, die die innere Stille nicht zu übertönen vermochte.

Und dann war Urlaubszeit. Endlich Entladung, Bewegung, weg mit der Zeichendeuterei und anderem Unfug. Viele in meiner Umgebung taten, als hätten sich Gefängnistore geöffnet. Sie wollten weg, weg, weg, andere wollten das auf keinen Fall – ich zum Beispiel –, und man verstand einander nicht mehr. In den Monaten des Stillstands waren lang vertraute Menschen plötzlich sehr fremd geworden. Was zum Teufel sollte daran erstrebenswert sein, an jeder Ecke Fieber gemessen zu bekommen, in weit voneinander entfernt aufgestellten Strandkörben zu hocken und aufs Meer zu glotzen, in fremden Unterkünften seitenweise Vorschriften auswendig lernen zu müssen und in den Kirchen virenfreie Weihwasserspender vorzufinden?

Was zum Teufel findest du daran erstrebenswert, deine paar Grashalme zum hundertsten Mal zu zählen, nach übersehenen Blumen zu fahnden oder über deine bekloppten Pilze nachzudenken? Wie öde kann man freiwillig werden?

So hat sie es nicht gesagt, meine Freundin, aber es war laut und deutlich hörbar. Von ihren mindestens drei

Urlaubsreisen im Jahr hatte sie eine schweren Herzens abgesagt.

Risikogebiet, was für ein Schmarren. Ich sehe da ja sowieso kaum jemanden. Und wieso kommt irgendjemand dazu, mir zu sagen, was ich tun und lassen soll? Wovon sollen die Leute dort jetzt leben?

Alphonse Karr beschrieb ganz wunderbar, was ich zweihundert Jahre nach ihm beim Gedanken an reisewütige Freunde empfand. Der Mann war mir näher als meine wirklichen Nächsten.

Welch komische Manie, die bewirkt, daß die meisten Menschen vor allem die Augen verschließen, was sie umgibt, und diese erst zu öffnen geruhen, wenn sie fünfhundert Meilen von ihrem Land entfernt sind.

Er hatte einen engen Freund bei seiner aufwendigen Abreise in ein fernes Abenteuer beobachtet: Kutsche, Pferde, Bedienstete, exotische Ziele – Alphonse stand zurückgelassen da, und er hasste den lieben Freund. Vielleicht war er aber auch nur neidisch. Warum sollte das zweihundert Jahre später anders sein?

Vielleicht bin ich selber ein Pilz geworden und habe es nicht bemerkt, dachte ich. Metamorphose? Oder war das nur ein eleganterer Ausdruck für *Alterserscheinung*?

Ich sei *sesshaft wie ein Champignon* geworden, hatte ich vor nicht allzu langer Zeit mal auf eine Frage nach meinen vielen früheren Reisen geantwortet. Das sollte lässig klingen, aber wann klingt die Wahrheit schon lässig. Zu dem Zeitpunkt gab es in meinem Garten noch keine Pilze, und das Virus hatte seine Rolle als Ausrede für ängstliches Daheimbleiben noch nicht übernommen. Seit es da war, klang alles Mögliche nicht mehr so blöd wie früher, man traute sich, manches auszusprechen, was einem früher peinlich erschienen wäre. Es war doch immer so wichtig gewesen, dass die Welt einen für fähig hielt, noch alle ihre Spiele mitzuspielen. Aber dann war eine Art Corona-Entspannung virulent geworden, eine ganz neue Variante des Egoismus, und alles wurde anders.

Ich bin Risiko, eigentlich sogar Hochrisiko.

Nee, ich setz mich nur draußen hin.

Lass uns den Kram erst mal abwarten, dann können wir uns die Ausstellung immer noch anschauen.

Nein, ins Kino lässt er mich auf gar keinen Fall.

Nein, ich habe sie / ihn / alle seit Wochen nicht gesehen, man darf ja nicht.

Was soll ich denn am Telefon reden, er / sie jammert ja nur, und ich hab mit mir selber grade genug zu tun.

Ja, es war eine Entspannung, auch wenn das unpassend klingen mag. Ein veränderter Bewusstseinszustand. Da war ich wieder bei der Pilzwerdung. Ohne die Waldsimulation, mit der mein Garten mich beschenkt hatte, wäre ich gar nicht auf so eine Idee gekommen. Auch nicht darauf, dass Pilze und Dichter gut zusammenpassen. Während ich jeden Tag nachsah, ob neue gekommen waren – *Wie im tiefen Wald / Unterm Stamm uralt / Sich das Moos benommen / Als ein Pilz gekommen –*, erinnerte ich mich an die Pilzsuppen des Günter Grass, die wir ehrfürchtigen Kolleginnen und Kollegen nicht gewagt hatte abzulehnen. Es gibt ein altes Foto von der Eröffnung des Sulzbach-Rosenberger Literaturarchivs, auf dem sieht man den dämonischen Pilzsammler und Pilzzubereiter G. G. hinter einem Höllenkessel, sein Grinsen gut unterm Schnauz verborgen. Und wir Jüngeren drum herum, Angst in den Blicken. Alle haben überlebt, jedenfalls diese Suppe.

Ja, in meinem Garten waren neue Pilze aus dem Moos gekommen, Herbstpilze. Die Infektionszahlen stiegen wieder signifikant, fast alle Mächtigen und Weltenlenker benahmen sich verrückter, als es irgendein Pilz hätte zustande bringen können. Ich rottete keinen mehr aus, es schien, als müsse ich mich noch viel länger mit meinem Garten als Kosmos begnügen. Da konnte ich mir keine unüberlegten Vernichtungen mehr leisten, es wusste ja niemand, was er *nach allem* noch hätte behalten wollen. Und ob es überhaupt ein *Nach allem* gäbe.

Pilze sammeln und essen, das taten in meiner Kindheit nur Flüchtlinge, *die aus dem Osten*, von denen lernten es nach und nach viele andere. Die Dichterin Helga M. Novak lebte *im Osten*, zeitweise zusammen mit einem Berufswilderer. Sie war eine große Waldgängerin und Pilzsammlerin. Vor ihren Suppen hatte ich niemals Angst gehabt, denn sie war eine einfallsreiche, aber keine tollkühne Köchin und wusste, was sie tat und wo man am besten sucht.

wie in den Nadelbetten am Rande der Schonung
die Maronen funkeln und der Pilzfreund
mit dem Messerchen nach fetten Butterpilzen
*   schnappt*
wie der Pilzfreund das versengte Gras niedertritt
wie jeden Birkenstamm ein Trampelpfad umringt
wie die Hexenringe um die Erlen tanzen in
*   Zweierreihen*

Ja, Pilze und Dichter passten gut zusammen. Wenn man die Dinge zu Ende dachte – dafür war in diesem Sommer und Herbst nicht nur sehr viel Zeit, sondern es wuchs auch der Verdacht, man würde noch mehr und immer mehr davon für allerlei unnütze Gedanken verschwenden dürfen –, wenn man sich also an Ovids Hand in die Wunder der *Metamorphosen* treiben ließ, könnte eine Pilzexistenz auch für die umtriebigsten Poeten irgendwann ein schönes Ziel sein.
Und in der Weite der Welt geht nichts – das glaubt mir – verloren.
Nichts mehr darstellen, sich nirgendwo mehr zeigen müssen, keine Angst vor dem Missverstandenwerden mehr, sondern die einfache, nur sich selbst genügende Existenz.
Ein Pilz ist ein Pilz ist ein Pilz.

ÜBER NAIVE UND SENTIMENTALISCHE GÄRTEN

> *Was hätte auch eine unscheinbare Blume,*
> *eine Quelle, ein bemooster Stein,*
> *das Gezwitscher der Vögel,*
> *das Summen der Bienen u.s.w.*
> *für sich selbst so Gefälliges für uns?*
> *Was könnte ihm gar einen Anspruch*
> *auf unsere Liebe geben?*
>
> Friedrich Schiller
> *Über naive und sentimentalische Dichtung*

Im Frühjahr hatte ich mit einem alten Hobby wieder angefangen: dem Lesen von Vorgärten. Was ich früher höchstens vergnüglich gefunden hatte, gärtnerische Selbstdarstellung auf kleinster Fläche anzuschauen, erschien mir jetzt tröstlich und wichtig. Warum, wurde mir erst allmählich bewusst. Wenn schon keine Menschen unterwegs waren, erfuhr man wenigstens über ihre grünen, bunten oder auch einfach öden Herzeigegärten etwas über sie. Im *Lockdown* bedeutete mir das viel, es rührte mich sogar. Ein liebevoll gepflegtes Vogelhaus, hochgebundene Rosen, Schneeglöckchenbüschel. Man hatte Zeit, sich die Menschen dazu auszudenken. Es blieb einem ja auch nichts anderes übrig. Die das gemacht haben zu kennen, wäre sicher angenehm, dachte ich manchmal. Oder auch: Wie kann man so fantasielos sein? Ich freute mich aber über jeden einzelnen. Eine harmlose kleine Ablenkung von der neuen Unheimlichkeit.

Vorgärten waren dutzend- und hundertfach, vor allem bei neueren Bauten, der Grundstücksfresslust zum Opfer gefallen oder der Sparsamkeit oder der Gleichgültigkeit. Auch hatte im letzten Jahrzehnt das Image der Stein- und Gehölzdesignergärten schwer gelitten. Nicht nur war ihnen eine Art Virus in die Parade gefahren, eine pandemische Räude, die Hecken und Umrandungen fraß, die Medien hatten außerdem ihre Liebe zu Insekten entdeckt, und wenn denen in der Landwirtschaft schon nicht zu helfen war, sollte es wenigstens in den Vorgärten summen. Was lang als chic gegolten hatte, das Steinerne und Zugeschnittene, war verrufen.

Bei meinen stillen Wegen durch die Straßen kam mir ein altes Schreckgespenst wieder in den Sinn: die *Neutronenbombe*. Sie lasse alles heil, hieß es in den Antiatomkraftgruppen, denen ich vor Jahrzehnten angehört hatte, sie mache nichts kaputt, nur eben die Menschen selber. Damals sagte man, wenn man zur Mittagessenszeit in ein leeres Dorf geriet: *Sieht ja aus hier wie nach der Neutronenbombe.*

Das tat es auch in den Städten im Frühling 2020. Ein paar fotografierende Leute streunten herum, um die seltsame Endzeitstimmung abzulichten. Gärten foto-

grafierte niemand, die schienen uninteressant. Mir bedeuteten sie jeden Tag mehr.

Unsere Stadt war immer stolz auf ihre Hochhäuser,
ihr Bankenviertel, ihr Stadion, ihre Messe, kurz: ihre
Weltbedeutung gewesen. Die hatte sie sich was kosten
lassen, und sie liebte ihre Hochhausmonumente, die
sich immer mehr zu einer echten *Skyline* zusammen-
rotteten. Wenn man hier lebte, liebte man sie notgedrungen auch. Aber nun stand das ganze repräsenta-
tive, mit Macht, Gier, Sehnsucht, Stolz und noch vielen
anderen Energien aufgeladene Gemäuer herum und
wirkte zunehmend geschwächt. Verfallsspuren zeigten
sich, auch an neuen Gebäuden.

Wozu brauchte man die alle? Gesicherte, teuer verklei-
dete und ausgestattete Türme, die noch vor kurzem
im Glanz ihrer Weihnachtsbeleuchtung die säkularen
Kathedralen gegeben hatten, schienen sich im Sonnen-
licht des pandemischen Frühlings zu schämen. Am
Himmel und auf der Erde war es still geworden. Den
wenigen Flugzeugen schaute man hinterher wie einst
als Kind. Mein Garten aber war der gleiche geblieben,
er machte die gleichen Geräusche und zeigte mir die
gleichen Bilder wie immer, als sei nichts Schlimmes
geschehen. Man hörte die Vögel besser. Sogar eine
märchenhafte Rosenhecke konnte er vorweisen, hinter der ich, wenn es nottat, hundert Jahre würde schlafen können. So schön wie in diesem späten Frühjahr
war sie noch nie gewesen. Das hatte ich zwar jedes

Jahr gesagt, aber in diesem ging ich niemandem damit auf die Nerven. Es war ja keiner da. Herrliche Sünden, die zum Gartendasein gehörten und die ich in einem Gartenbuch vor mehr als einem Jahrzehnt gepriesen hatte – Neid! Hochmut! Wollust! Stolz! –, waren dem Virus zum Opfer gefallen. Für sie brauchte man ein Gegenüber, Partner, Zuhörende, Gleichgesinnte – selbst für den Zorn. Wenn das so weiterging, würden die Menschen zu Gartenautisten werden, in den Läden maskiert Pflanzen zusammenraffen, niemanden anschauen und sie klammheimlich und freudlos horten wie Klopapier. Es würde keine Fragen mehr geben, keine anerkennenden oder besserwisserischen Bemerkungen, die lebensnotwendigen Interaktionen, die zum Gärtnern gehörten wie Sonne und Regen, waren zum Schweigen gebracht von dem eigentlich unsichtbaren Ding, diesem ekelhaften, warzigen Knödel. Es musste dringend Ablenkung geschaffen werden, mit Vorgärten, Corona-Witzen und Corona-Gedichten allein war das nicht zu machen.

So entdeckte ich die *Zweiten Reihen*.

Nicht die Verstecke, die ich damals, in den *Gartengeschichten*, *Gärten der Misanthropen* genannt hatte. In denen hatte ich Einzelgänger beschrieben, die sich in ihren Gärten verbarrikadierten und so ihr grünes Glück fanden. Darunter waren nicht viele Frauen, aber ich schon, wenn ich ehrlich sein sollte. Hecken waren mir heilig: Reinschauen unerwünscht. Jetzt entdeckte ich in meiner Trostbedürftigkeit – denn die vom Virus erzwungene Misanthropie erwies sich als schmerzlich und furchterregend – etwas ganz anderes, nämlich unbekannte Freundinnen und Freunde, die mir Blicke in ihr Inneres erlaubten. In der zweiten, dritten Reihe, fernab von Straße und Repräsentation, fanden sich die *naiven und sentimentalischen* Gärten, die ich lieben lernte.

Hinter Häuserreihen, durch sie ebenso versteckt wie beschützt, erschienen überraschende Kleinwelten. Wunder an fantasievoller Platzausnutzung, gärtnerischer Eigenwilligkeit, Explosionen von Schönheitswillen waren zu bestaunen, die von ihren Gestalterinnen und Nutzern einfach so für sich selber angelegt worden waren. Ich wurde zur diskreten Spionin, schaute durch und über Zäune und tat manchmal, als suchte ich eine Adresse. Die so entdeckten Gärten wollten nichts, außer ihren Menschen eine Freude sein, auch kleinen Menschen. Minirutschbähnlein zwischen weißen Knöterichblütenwolken, ein Wackelspiralhund, sogar ein Bällebad, ein kleines. Ich überlegte, ob ich mir eines anschaffen sollte, ein großes. Würde und gärtnerisches Erwachsensein hatten erst mal ausgedient, samt dem Ehrgeiz, wer wusste schon, wie lange das dauern würde? Und was dann war? Ob überhaupt noch etwas kam? Vielleicht war genau jetzt meine letzte Chance für ein schönes, riesiges, albernes und wunderbares Bällebad gekommen. Ganz für mich allein. Mit Seil und Leiterchen, damit ich auch wieder rauskonnte.

Einen unvorhergesehenen Helfer, diese Anfälle von kindischen Wünschen zu begreifen und zu erklären, fand ich in Friedrich Schiller. Er machte es mir nicht leicht, aber wenn man sich auf seine unnachsichtige Genauigkeit einließ, half er sehr.

Eben aus diesem Widerspruch zwischen dem Urtheile der Vernunft und des Verstandes geht die ganz eigene Erscheinung des gemischten Gefühls hervor, welchen das Naive der Denkart in uns erreget. Es verbindet die kindliche Einfalt mit der kindischen; durch die letztere gibt es dem Verstand eine Blöße und bewirkt jenes Lächeln …

Schiller setzte uns Spätgeborenen, die mit ihren Wünschen und Träumen in diesem Virusjahr so in Verwirrung geraten waren, geduldig auseinander, dass man das durfte – sich Kindheitsbilder zurückwünschen, die er immer wieder mit der Anschauung von Gärten verband, mit der Freude des Herzens über das Unscheinbare.

Wir fühlen uns genöthigt, den Gegenstand zu achten, über den wir vorher gelächelt haben.

Dann dürfen wir aber erst recht lächeln und müssen uns nicht schämen für unser inneres Durcheinander.

So entsteht die ganz eigene Erscheinung eines Gefühls, in welchem fröhlicher Spott, Ehrfurcht und Wehmut zusammenfließen.

Ziemlich genau diese Mixtur war es, die die Gärten der hinteren Reihen in mir auslösten.

Ob die mir ohne diese Erfahrung des erzwungenen Stillstands überhaupt aufgefallen wären? Ich habe keine Ahnung. Es schien, als sei die Suche nach Ersatz für das, was man für lebensnotwendig gehalten hatte, schwierig. Ich meine die gleichzeitig öffentlichen und zusammengedrängten Ereignisse, ob sie nun überfüllte Kneipe hießen oder Ballsaal, Fußball oder Oper. Für jene besondere Energie, die gemeinsame Menschenleidenschaft erzeugt, gab es keinen Ersatz. Es half nichts, darüber zu jammern, und ob man sich die eingeschränkten Varianten antun wollte, blieb jedem überlassen. Mich machten sie eher traurig. Also besser, sich schillergestärkt von Planungen für ein Bällebad und kleinen Hinterhofparadiesen trösten zu lassen.

Haben Sie auch seit der Pandemie so komische Wünsche und Träume?

Ich habe die Frage mehreren ernstzunehmenden Leuten gestellt, und sie bestätigten eine gewisse Ungewöhnlichkeit bei beidem. Erzählt haben sie mir leider nichts davon. Einer sagte nur, er träume überhaupt erst seit der Pandemie. Der Mann war nicht mehr jung.

Indessen war eine Art Leben in die Städte zurückgekehrt, und man hätte wieder manches gedurft. Die Schwierigkeit war, den unschuldigen Wunsch danach in sich wiederzufinden. Es hätte sein können, dass wir, denen man monatelang mit großer Penetranz ihre *Schutzbedürftigkeit* attestiert hatte, keine Lust mehr hatten, zu dürfen.

Meine Gärten der zweiten Reihe blieben mir, es wurden immer mehr, auch ganz in der Nähe gab es so viel Unentdecktes wie in der ägyptischen Wüste. So lang hatte ich in dieser Gegend schon gewohnt und so vieles noch nie gesehen. Oder nicht beachtet.

… das stille, schaffende Leben, das ruhige Wirken aus sich selbst, das Dasein nach eigenen Gesetzen, die innere Nothwendigkeit, die ewige Einheit mit sich selbst.

Gewiss war das angesichts eines Waschzubers voll weißer Hornveilchen und eines blühenden Zitronenbaums in einem schrabbeligen Hinterhof eine etwas pathetische Analyse, aber warum eigentlich nicht?

Pathos war ein Luxus geworden, ein verschwiegener, vielleicht eine Einsamkeitsantwort auf das wuchernde Sprachunkraut in den sozialen Medien. In der Zwangsstille des Lockdowns war es gewachsen, das Pathetische, es kam mit dem Naiven und dem Sentimentalischen gut zurecht. Sonderbar, dass es mit dem sogenannten Großen, dem Monumentalen, dem Überwältigenden für mein Gefühl überhaupt nicht zusammenpasste. Eine Möglichkeit, mich über das Eingesperrtsein hinwegzutrösten, waren Erinnerungen an schöne und beeindruckende Orte, die ich früher gesehen hatte. Mich wunderte, dass mir bei Venedig nicht die Basilika, das

Fenice oder Rialto in den Sinn kamen, sondern der zerzauste Garten von Peggy Guggenheim. Ich versuchte, mich an jeden Weg, jeden Baum, jede Bank zu erinnern. Er war wirklich ein naiver Garten, bloß ein grünes Drumherum für die Gartenbesitzerin und dann für alle, die ihr nach ihrem Tod huldigten. Beim Gedanken an Rom war es der Garten hinter einer Schmiede in Trastevere, den der Schmied angelegt hatte, ein Wunder aus eisernen Töpfen, in denen es wild blühte, unterbrochen von heftig verzierten viereckigen Eisentrögen, die das Nützliche beherbergten, Thymian, Tomaten, Rosmarin. Nach und nach kamen die naiven und sentimentalischen Gärten aus aller Welt und vielen Jahren des Reisens in meine Erinnerung, und je lebhafter sie darin wurden, bis hin zu ihren Gerüchen, desto mehr verblassten die Ziele, wegen denen man eigentlich gefahren war. Versailles? Ein versteckter Garten mit Wäldern von Malven. Wie lang war das her, und ich erinnerte mich fast nicht mehr an die absolutistische Pracht des Schlosses, aber umso genauer an den Malvenwald. Auch Thailand schickte nicht seine beeindruckenden Tempelanlagen in meine Erinnerungen, sondern den winzigen Platz, den eine alte Frau mit Orchideenkübeln unter zwei Mangobäumen zu ihrem eigenen Tempelplatz gemacht hatte. Ein total verdrecktes Geisterhäuschen inklusive.

Nun hatte ich viele Gärten der zweiten Reihe, an die ich denken, die ich neu entdecken konnte. Erinnerung war etwas Sonderbares. Beim Capitol oder dem Eiffelturm sagten die Gedanken, an die brauchst du dich nicht zu erinnern. Wenn du sie sehen willst, findest du überall Bilder, aus allen Richtungen, zu allen Tageszeiten. Diese Gärten aber, die gehören dir allein. Wen sollten sie interessieren? Wer würde sie dir streitig machen wollen?

Bis in den Herbst hielt meine Freude an den sentimentalischen Gärten an, naiv war ich wahrscheinlich selber. Der Sommer des Seuchenjahres war wie seine Vorgänger viel zu trocken gewesen, und ich schaute nicht mehr auf die kräftigen und resistenten Bäume, sondern auf die gezeichneten. Es wurden täglich mehr. Aber in den Gärten war nichts von Bedrohung und Sterben zu sehen, sie wurden beschützt, überschaubar, wie sie waren. Ein verlässlicher Trost.

Der Zweck [der Idylle] *selbst ist überall nur der, den Menschen im Stand der Unschuld, d. h. in einem Zustand der Harmonie und des Friedens mit sich selbst und von außen darzustellen.*

WAS GROSS WAR

Der Mensch sollte nicht den Mond lieben.
Die Axt in seiner Hand sollte ihr Gewicht nicht verlieren.
Seine Gärten sollten nach faulenden Äpfeln riechen
Und mäßig mit Brennesseln bewachsen.

Czesław Miłosz

Der Mann, an den ich im Kampf mit gärtnerischen Widrigkeiten oft dachte, hatte dunkelgrüne Daumen. Ihm schien im Gegensatz zu mir alles zu gelingen, aber er war nicht glücklich. Er brachte es sogar fertig, sich über seine tausendfach blühenden Rosen zu beschweren: Die runtergefallenen Blätter, was die für einen Dreck machten! Und wenn es dann auch noch drauf regne, eine Katastrophe. Mit den Päonien das Gleiche. Der Rittersporn überwuchere alles. Auch die Überfülle reifer Aprikosen, nichts als eine Last. Die Wespen fräßen sich an ihnen satt, wohingegen seine selbstgemachte Marillenmarmelade schon niemand mehr sehen könne.

Von der chinesischen Tradition, sein Glück mit hässlichen Namen für neidische Götter unsichtbar zu machen, hatte er keine Ahnung. Es war etwas anderes, das ihn in seiner Gartenüberfülle quälte, ich wusste lange nicht, was. Mit dem üblichen gärtnerischen Kleinreden hatte es nichts zu tun, das machten alle, aus

Eitelkeit, damit sie noch ein bisschen mehr gelobt würden. Ich ebenfalls. Den Mann umgab eine Trauer, die sich auch durch riesige Pfingstrosen oder unter Früchten ächzende Feigenbäume nicht trösten ließ. Wenn ich ihm stolz erzählte, meine Zitrone habe drei wirklich schöne Exemplare zur gelben Vollendung gebracht, antwortete er traurig, er wisse gar nicht mehr, wohin mit all seinen Kumquats und Limonen. Er gab nicht an, er rühmte sich nicht seiner für alle Welt sichtbaren Erfolge, die bedeuteten ihm nichts. Etwas nagte an ihm, ganz innen, ein tief verborgener Seelenwurm. In diesem Sommer dachte ich mehr an ihn als sonst, das Alleinsein ließ viele alte Rätsel aus der Vergangenheit wieder auftauchen.

Die Lösung für seines sah ich vor Jahren selber bei ihm und verstand überhaupt nichts. Ich hatte mich damals sogar über ihn amüsiert, über die ernste Begeisterung, mit der er mir einen großen, mehrfach gefalteten Papierbogen zeigte. Es war die Bleistiftzeichnung eines Gartens. Bei einer Erbschaft war sie aufgetaucht, im Nachlass irgendeiner Tante. Die war ihm nicht besonders wichtig gewesen, ihre Hinterlassenschaften, die papierenen Familiensedimente, aber umso mehr. Kisten voll davon rettete er vor dem Sperrmüll, um sich wochenlang geduldig durch das zu arbeiten, was er für seine verlorene Kindheit hielt. Jeder Brief, jeder Plan, jedes Zettelchen oder Foto war für ihn ersehnte Spuren, Beweise für ein paradiesähnliches Leben seiner Familie, bevor die Feinde alles gestohlen und zerstört hatten.

Ich schaute flüchtig die Gartenzeichnung an, wunderte mich über die Akribie und wollte seinen begeisterten Erörterungen nicht zuhören. Das Lied hatten in meiner Familie auch manche gesungen, das Lied vom Paradies im Osten, der Barbarei der Feinde und letztlich der Vertreibung. Früher hatte ich mit patzigen Worten darauf reagiert, jetzt mit Schweigen und Themawechsel. Mir war längst klar, dass ich bei verlorenen Gärten nicht mitreden konnte. Die und politische Wahrheiten vertrugen sich nicht. Solche Gärten wuchsen mit den Jahren der Erinnerung unaufhaltsam, nicht nur an Fläche, sondern auch an Fruchtbarkeit und Zauber. Man kannte das und verzieh es, und wenn aus böhmischen Dörfern mit der Zeit böhmische Schlösser samt Parks wurden – wem sollte das schon schaden.

Die geerbte Gartenzeichnung des Mannes ließ mich nicht los. Sie war kein Plan gewesen wie die meisten von ihnen, sondern ein Abschied, eine letzte Vergewisserung, eine zärtliche Bestandsaufnahme vor dem unwiderruflichen Verlust. Sein Großvater väterlicherseits nämlich hatte im Angesicht der nahenden Katastrophe jeden Baum, jedes Beet, jeden Beerenstrauch einzeln gezeichnet, sorgfältig und mit Beschriftung, alle Wege und ihre Einfassungen, die Brunnen und Zäune. Er hätte mit diesem Plan der Liebe in der

Hand vor den Allmächtigen treten und sagen können:

*Herr, gib mir meinen Garten zurück. Es ist dieser und
kein anderer.*

Der Mann hatte seinen Großvater nicht mehr ken-
nengelernt. Seltsamerweise suchte er nicht nach Fotos von ihm in den Hinterlassenschaften der Tante,
sondern er wollte sich aus Obstgehölzen und Wege-
führungen, die er schwarz auf weiß – eigentlich eher
dunkelgrau auf hellgrau – vor sich liegen hatte, ein
Bild seines Vorfahren zusammensetzen. Jedenfalls
entnahm ich das den seltenen Anrufen, die uns miteinander verbanden. Meistens war ich es, die ihn wegen einer Rasen- oder Rosenfrage anrief, er selber mel-
dete sich fast nie. Aber nach der Erörterung meiner
Probleme landeten wir immer beim gezeichneten Garten, und der Mann schien über nichts lieber zu reden
als über ihn.

*Ich habe mittlerweile achtzehn Apfelsorten nachre-
cherchiert, sechs Birnensorten, sogar Pfirsichbäume,
dafür hatten sie dort doch gar nicht das Klima. Er muss
ein Experimentierer gewesen sein.*

Manchmal hätte ich Fragen gehabt. Ob es nicht völlig
verrückt sei, sich bei Kriegsende angesichts der nahenden Front nicht um das Rettbare, vielleicht um
die Tiere, zu kümmern, sondern unwiderruflich Ver-
lorenes abzubilden, und das auch noch Ast für Ast?
Ich traute mich nicht, sie zu stellen. Oder ob er das

Gezeichnete nach und nach in seinen eigenen Garten pflanzen wollte? Er erzählte nichts darüber. Auch nicht, ob er beabsichtige, hinzufahren in den Ort, den er nur auf Papier kannte. Das machten viele, seit es problemlos wieder möglich war. Wenn sie zurückkamen, erzählten sie oft ziemlich böse Geschichten über Verwahrlosung und nachlässigen Umgang mit ihrem vermeintlichen Eigentum, zum Teil mit Untertönen, gegen die ich allergisch war.

Sieh es doch so, sagte ich einmal zu ihm, *du hast einen echten imaginären Garten!*

Das verstand er nicht. Das Papier war für ihn der Beweis für eine Vergangenheit, um die er betrogen worden war. Im Gegensatz zu anderen, deren untergegangener Besitz nur aus Erzählungen bestand, konnte er etwas Handfestes vorweisen, bis hin zu einem gezeichneten Salatbeet.

Soweit ich weiß, brütet er immer noch über seinem Papiergarten und meckert an seinem wirklichen herum.

Man sollte die Kraft nicht unterschätzen, die in einem Stück Boden wohnt, das man ins Herz geschlossen hat. Zwei Jahre vor dem Virus hatte ein Hirnschlag die achtundfünfzigjährige Frau aus ihrem eigenen Garten förmlich weggehauen, in ihm hatte sie das Unheil getroffen, von ihrem eigenen Rasen hatten die Sanitäter sie aufgeklaubt, die sie grade noch per Handy rufen konnte. Danach wusste sie nichts mehr. Das war

der Beginn einer langen, schlimmen Reise in eine nie
gekannte Abhängigkeit, weg von dem, was sie liebte
und gewöhnt war – ihrem Haus, vor allem aber ihrem
Garten. Schon ihre Großeltern hatten den gepflegt,
bewohnt, geliebt, genutzt, verändert, danach ihre El-
tern. Ihre Mutter war wie mit ihm verwachsen gewesen. Die Frau und ihre Geschwister hatten dort gefeiert und sich manchmal voreinander versteckt, für jeden
gab es eine Lieblingsecke. Generationen von Gästen
hatten sich in ihm gefreut, Ränke geschmiedet, die
Welt verändert und Kippen in Blumentöpfe gesteckt.
Alle machten *was mit Literatur*, alle wurden in dieser
Umgebung sofort angenehm unfeierlich, sogar die ei-
telsten Fürsten benahmen sich nett, während die Fürs-
tinnen in der Küche halfen.

Als ich vom Unglück der Frau hörte, war mein erster
Gedanke, dass sie eine Trennung von diesem Garten
weder ertragen noch erlauben würde. Sie war die
Letzte gewesen, die die Stellung gehalten hatte, die
Verwalterin von Geschichten aus Tausendundeiner
Nacht und genau so vielen Vormittagen und Nachmit-
tagen. Manchmal ging eins ins andere über, dann war
es besonders schön gewesen.

Nun wurde sie verwaltet, wie jeder Mensch, den so
etwas trifft. Sie konnte nicht gehen, sich nicht in einem
Rollstuhl halten, sie war ihrer Freiheit vollkommen
beraubt. Ein Pflegefall. Ihre vertraute Welt war unerreichbar geworden. Was an deren Stelle trat, Klinik,

Heim, wieder Klinik, sollte lang dauern, denn mit der Anfangskatastrophe war es nicht getan und böse Folgekrankheiten kamen dazu. Bis wir wieder kommunizieren konnten, vergingen Monate. Um sie herum hatte sich ein beeindruckender Kreis von Helferinnen und Helfern gebildet, ich bekam Bulletins, vorsichtige Zuversicht war deren Tenor. *Die kleinen Schritte* wurden zur Beschwörungsformel. Ich dachte an die Frau und ihre Sturheit und stellte mir vor, was mich in dieser Situation am Leben halten würde – ich würde um jeden Preis zurückwollen in meinen Garten. Um *jeden* Preis. Auch um den, Hilfe zu akzeptieren oder sogar zu fordern, alles schwierige Dinge, die man nicht gelernt hatte. Man musste sich vielmehr von allem verabschieden, was einem lebenswichtig erschienen war: Selbstverantwortung, freie Entscheidungen – Schwäche? Vor allem für Frauen ein Unding.

Was niemand für möglich gehalten hätte: Sie kämpfte sich zurück in ihren Garten, lange Monate, zäh, verzweifelt, bärbeißig und charmant zugleich. Im Pandemiesommer schickte sie kleine Videos, sie konnte mittlerweile nicht nur im Rollstuhl sitzen, sondern am Rollator gehen, ein kleines Stück ihres großen Gartens hatte sie wieder unter ihre eigenen Füße nehmen können. Bei einer Veranstaltung hatte sie einen beeindruckenden Auftritt, im Rollstuhl, mit einem jungen Mann, der sie schob. Sie war angezogen wie eine Zarin. Ich zweifelte nicht daran, dass sie auf dem

Weg war, auch wieder die große Gartengastgeberin von einst zu werden. In kleinen Schritten. Und bis dahin Hilfe zu ertragen. Was für ein Sieg das war.

Das Ehepaar hatte Freundinnen und Freunde zu einem seiner beliebten Essen eingeladen. Die Geschichte ist schon ein paar Jahre her, sie lehrte mich damals etwas, aber wie oft in meinem Leben – ich begriff erst Jahre später, was. Sie waren beide elegante, mode- und trendbewusste Menschen, ironisch und immer gut informiert, mit einer jener Wohnungen, die wie für Gäste gebaut waren. Offene Barküche mit Riesenesstisch direkt daneben, Weinkühlschrank. Im Sommer kam man auf der Terrasse zusammen, die ein mediterranes Meisterwerk hoch über den Dächern der Stadt war.

Als Vorspeise hatte es, das weiß ich noch, irgendwelche besonderen Pilze mit Wildkräutern gegeben. Wir saßen in der Küche – vielleicht zehn, zwölf der ihnen am meisten vertrauten Menschen. Man kannte einander seit Jahrzehnten.

Er hob das Glas, sie tat es fast gleichzeitig.

Wir müssen uns trennen, sagte er mit brüchiger Stimme. *Davon wollten wir euch erzählen.*

Ich kann mich nicht mehr genau daran erinnern, wer dabei war, aber wir erstarrten alle wie Dornröschens Hofstaat, mit den Gläsern in der Hand.

Das Paar war, das wusste jeder, eine perfekte Symbiose, Yin und Yang, die zwei Kugelhälften, jedes Klischee passte aufs schönste zu ihrer großen Liebe. Kinder hatten sie keine.

Aber wieso denn, fragte irgendjemand nach einem langen Schweigen hilflos. *Ich meine, ihr seid doch perfekt. Nicht wahr? Sie sind doch perfekt.*

Nicht voneinander, sondern von unserem Garten, sagte die Ehefrau unglücklich.

Von welchem Garten denn zum Teufel?

Wahrscheinlich hatte ich das gefragt.

Es wurde ein langer Abend, und es stellte sich in seinem Verlauf heraus, dass nicht nur die exotischen Pilze, die Wildkräuter, Zwiebeln und Rüben und die Beeren für den Nachtisch von jenem geheimen Ort kamen, den keiner der Tischgesellschaft kannte. Ein Garten! Als ob sie mit ihren Terrassen nicht genug gehabt hätten! Keiner traute sich zu sagen, dass ein Schrebergarten – und um einen solchen handelte es sich, wie beide zögerlich und verschämt zugaben – überhaupt nicht zu ihnen passte. Nur stückweise kam die Wahrheit ans Licht: Schon seit fünfzehn Jahren hatten sie ihn, und während wir anderen dachten, die beiden seien auf auswärtigen Ausstellungen und Festspielen, werkelten sie auf ihrer Parzelle in einer der spießigsten Kleingartenanlagen der ganzen Stadt. Wir hätten nicht schockierter sein können, hätten sie uns von Aktienschwindel oder Bigamie berichtet.

Die beiden wechselten sich ab, allmählich ergab sich ein Bild.

Später versuchten sie, die Sache mit einem Lobduett auf die Qualität ihrer Produkte zu retten –

Ihr mochtet unseren Radicchio immer besonders gern! Unser Rhabarber hatte so ein feines Aroma und war gar nicht sauer!

Unsere Sorte Zwiebeln kriegt man im Handel gar nicht mehr! Das habt ihr doch alle gesagt!

Wir alle und ihre vielen anderen Gäste waren aber der Meinung gewesen, man verdanke diesen kulinarischen Glanz einem besonderen Abkommen mit dem Rungis-Express und nicht einem Stück Kleingarten zwischen zwei Autobahnen, das nun mit allen seinen Nachbarn der Verbreiterung derselben zum Opfer fallen würde. Das Ehepaar sah sich in seiner Hoffnung auf unser Mitgefühl getrogen. Ihre Mienen wurden zunehmend betrübter, wir Gäste dagegen tranken vor lauter Verlegenheit viel zu viel Wein. Wahrscheinlich hätten wir Geständnisse über Abartigkeiten aller Art mit mehr Haltung hingenommen als die geheime Liebe dieses Paares zu einem Schrebergarten.

Was sollte man denn da auch fragen? Der Garten würde plattgemacht, so viel hatten wir verstanden, und damit offenbar auch zwei Herzen.

Weißt du, sagte er zu ihr, in einem hilflosen Versuch, sie zu trösten, *nicht mehr lang, und wir wären sowieso zu alt gewesen. Das Schleppen fiel uns doch schon schwer.*

Jeder von uns Tischgästen versuchte wohl, sich dieses

elegante, geschmackssichere Paar mit seinen Designer-klamotten dreckig und mit Mulchsäcken auf dem Rücken vorzustellen.

Die beiden hatten immer eine besondere Art gehabt, sich beim Sprechen abzuwechseln, waren gradezu professionell darin, ihre Sätze untereinander aufzuteilen. Das machten sie auch an diesem Abend, während wir alle immer noch nicht begriffen, wie und warum das Paar einen Hauptteil seines Lebens, vielleicht den schönsten, vor uns hatte verborgen halten können. Nun, da sie ihn verloren, waren wir unfähig, ihnen den notwendigen Trost zu spenden. Was für erbärmliche beste Freunde.

Das Häuschen konnten wir verkaufen, sagte er.

Es hätte uns das Herz gebrochen, wenn Brennholz draus geworden wäre, sagte sie.

Vielleicht gehen sie bei den Schneiders an, sagte er.

… die Pfingstrosen, sie können es nicht ausstehen, sagte sie,

… das Verpflanztwerden, gehen auch schwer raus, sagte er.

Ach, Liebster, dein Rücken, sagte sie.

Das waren übrigens unsere letzten Himbeeren, sagte er und wies auf die Dessertteller, die mittlerweile vor uns standen.

Wir ließen die Löffel sinken.

JA, MACH NUR EINEN PLAN

der Sommer hängt noch an drei Fäden,
der Frost verschließt ein Medaillon,
noch eh der Schmuck, verwandt dem Regen, wandert,
noch eh die Hälse nackt, vom Nebel halb begriffen,
bevor die Feuerwehr die Astern löscht
und Spinnen in die Gläser fallen

Günter Grass

Entscheidungen traf ich sehr ungern, zumal in Zeiten wie diesen. Andererseits war es auf schlampige Art angenehm, dass man sie unkritisiert jeden Tag revidieren konnte, wenn sie denn überhaupt jemanden interessierten. Alle revidierten alles unablässig, und die meisten verworfenen Entscheidungen waren sicher wichtiger als die, was auf die buchsverlassenen kahlen Stellen in meinem Garten gepflanzt werden sollte. Es wurde Zeit dafür, schließlich musste, was immer es auch sein würde, noch gut anwurzeln. Das Ganze war für mich ein wunderbares Ablenkungsmanöver von den trübseligen Grübeleien, ob der Welt der finale Winter bevorstehe und ob überhaupt noch ein Frühjahr käme und ob ich das in Wahrheit nicht für *die Welt* befürchtete, sondern für mich selber?
Es wäre schön, wenn du mir bei den Entscheidungen helfen könntest, sagte ich zu meinem Garten.

Kein Problem, antwortet es von rechts und links und besonders aus den hinteren Ecken.

Dort hatten sich triumphierend wilde Brombeerranken über mehrere Meter ausgestreckt, eine Pest. Die Woche zuvor waren sie noch nicht da, das hätte ich schwören können. Oder war ich unaufmerksam gewesen?

Kein Frieden mit denen. Über den Giersch, der sich seit dem gründlichen Jäten vor zwei Wochen prachtvoll wieder erholt hatte, musste ich lachen. Gegen ihn anzupflanzen, wollte ich schon lang versuchen, jetzt sollte das endlich realisiert werden, nur: Was könnte dem zähen Zeug die Stirn bieten? In einem dieser arroganten englischen Gartenbücher, ich weiß nicht mehr, in welchem, stand als einzige Strategie gegen die Invasion von Giersch:

Leave – also auf Deutsch: *Kampflose Übergabe. Hauen Sie ab. Überlassen Sie das Terrain dem Feind.*

Abgesehen davon, dass mir keine Ersatzlatifundien zur Verfügung standen wie dem britischen Adel, war ich schon wieder auf diese blöde Kriegsmetaphorik reingefallen, die ich so satthatte.

Kampfkampfkampf – gegen das Virus, den Mann im Weißen Haus und alle seine Kopien und Kumpane, gegen CO_2, gegen allerlei Götter und, lächerlich genug, gegen grüne Kräutlein im Beet.

Leave

Und wenn das nun hieß: *Lass es einfach?*

So weit wollte ich es aber noch nicht kommen lassen.

Eins der schönsten Gewächse im Garten war immer die Hoffnung gewesen.

Es wird schon nicht so schlimm. Du wirst staunen, was alles auferstehen wird.

Besonders aufgefallen war mir das im Corona-Frühjahr, als der alljährliche Vorfrühlingskaufrausch ausgefallen war und eine lang nicht mehr geübte Tugend ihren Zauber entfaltete – die Entdeckerfreude. Hier hatte sich was ausgesät und da war was wiedergekommen. Keine Ahnung, was das in dem Kübel da werden wollte, aber es sollte seine Chance bekommen. Die brauchten wir doch alle, irgendeine Chance. So konnte ich mich an Hornveilchen und Lobelien, frühen Sonnenblümchen mit kratzigem Laub und kleinen roten Nelken freuen, die normalerweise der alljährlichen Neubesetzung zum Opfer gefallen wären. Ich schämte und freute mich und gelobte Besserung.

Dieser Frühling stand noch ganz unter dem Zeichen:
Gleich wachen wir auf, und alles ist nicht wahr gewesen.

Als das Pflanzenkaufen dann wieder möglich war, wollte sich der liebgewordene Rausch nicht recht einstellen, meine guten Vorsätze baute ich aus.

Im Herbst aber kam er mit Macht zurück, der Rausch, und von irgendwelchen Vorsätzen war keine Rede mehr. Wen kümmert's schon, dachte ich, ob ich endlich ein guter, nachhaltigkeitstreuer Mensch werde?

Nach dem heißen Sommer, den viele als Entschädigung für all die Unbill genossen hatten und in dem ich mich mit meinem Gejammer über die furchtbare Trockenheit nur unbeliebt machte, sollte Pracht kommen, koste sie, was sie wolle. Nicht das Prachtversprechen fürs nächste Jahr oder gar eine ferne Zukunft, das gehörte zum Gärtnerleben – nein, gleich und sofort, der Paradiesgarten musste her, wer wusste schon, wie viel Zeit noch blieb? Und der Handel tat, was er konnte. Im Supermarkt, im Obstladen, in den Gärtnereien sowieso – jeden Tag Neues, Buntes, Augendrogen, florale Antidepressiva. Überflüssiges, Verwelktes, Verdurstetes landete abends auf dem Müll. Ich hatte das eigentlich verabscheut, wenn auch nicht ganz konsequent. Jetzt machte ich mit, als hätte ich all meine Prinzipien weggeworfen. Es gab eigentlich keinen Einkauf mehr, von dem ich nicht mit irgendwelchen Töpfen heimkam, ich brauchte Farben, Farben, Farben.

Was lieben Sie an den Edelsteinen? Ist es die Farbe? Sie brauchen sich nur umzuschauen, die Blumen und die Insekten haben noch viel schönere Farben, schrieb Alphonse Karr, und recht hatte er. Er pries sie alle, besonders aber die fünfzig Varianten des Gelb und des Rot: *von den Kindern und den Wilden wird es am meisten geliebt.*

Von mir auch, und ich konnte mir aussuchen, was ich lieber war, Kind oder wild. Grau und fahl würde es noch früh genug werden. Die Töpfe voller Gelb und

Rot waren aus Plastik, was soll's, die waren ohnehin leichter zu schleppen.

Meine früheren Vorbehalte gegen Chrysanthemen hatte ich längst aufgegeben, Mischungen und Züchtungen, die ich vorher nie gesehen hatte, wurden für wenig Geld in jedem Laden nah an den Eingang gestellt. Sie gingen weg wie ein halbes Jahr zuvor Klopapier. Holländische Tomaten waren mir nie in den Korb gekommen, über die holländischen Herkunftsschilder der Astern-, Dahlien- und Chrysanthemenmassen sah ich weg.

Farben gegen Unsicherheit und Furcht. Unsere Stadt war jetzt Risikogebiet; wenn ich nach Mecklenburg gewollt hätte, wäre ich nicht reingelassen worden. Ich wollte aber nirgendwo hin. Ich träumte nicht einmal davon. Das Furchtbare, aber darüber hatte ich keine Lust nachzudenken, war: In mir wehrte sich nichts mehr gegen die Zwangsvereinsamung. Hauptsache, ich konnte wieder ein paar bunte Töpfe verteilen. In meinem Garten würden sie wenigstens eine Überlebenschance bekommen.

Das rotgelbe Herbstfeuer war bald vorbei, aber ein Plan, der den Namen verdiente, weiter nicht in Sicht. Ein gutes Dutzend Neuankömmlinge machten sich ans Verwelken, von den meisten wusste ich nicht, ob sie winterhart waren. Das mussten sie leider selber herausfinden. Die Passionsblume mit ihren unübersichtlichen Fangarmen, die ich bald mühsam aus allem möglichen Gewächs würde herausfieseln müssen, hatte hinterlistig noch drei späte, wunderschöne Blüten präsentiert. Deswegen musste ich ihr noch einmal einen Winterplatz geben, eigentlich war sie auf der Kompostliste.

Der Gärtner muss grausam sein.

Wenn das nur nicht so schwer wäre. Als hätte der Himmel ein Einsehen, schickte er ein wenig Regen und Kälte, zum Nachdenken. Was würde das bedeuten: Gar nicht planen?

Leave?

Kam nicht in Frage. Das mussten mir Corona, der Klimawandel oder mein Alter schon mit Gewalt nehmen, das *Planen*, einzeln oder als unangenehmer, drohender Dreier. Der ersehnte Regen verspritzte meine frischgeputzten Fensterscheiben, dahinter wehten die roten Weinranken und ein paar von den verspäteten, erst halb geöffneten Daturablüten schauten übers Fenstersims. Die Eichhörnchen gaben Extravorstellungen mit und ohne Nüsse, die Infektionszahlen stiegen, Kneipen mussten um elf Uhr abends schließen. Zu der Zeit hatte man sich früher grade auf den Weg gemacht.

Ich holte einen großen Zettel. Planen war immer was Schönes, auch wenn's vergeblich war. Im Grunde war es das meistens.

Gezeichnete Gärten erinnerten mich immer an Kafkas *geschriebene Küsse*, sie kamen ans Eigentliche nicht ran, sie verschwanden irgendwie unterwegs, aber man versuchte es trotzdem immer wieder. Mein Viereck wurde also mit seinen Konstanten notiert: steinerner Sitzplatz rechts hinten, Fischbecken irgendwie mittig, wenn man es nicht genau nahm, Ziegelweg, Ziegelumrahmung, die nach der Buchs-Vernichtung wieder gut zu sehen war. Die Steinfiguren, die sich im Lauf der Zeit angesammelt hatten, waren keine Konstanten. Da würde es Trennungen geben müssen. Wenn ein Garten mit Erinnerungen vollgestopft war, konnte nichts Neues wachsen. All die Flötenspieler und Putten und Löwen, Kleindarsteller meiner Schlossgartensimulation von einst. Mit den Jahren hatten sie brav Moos angesetzt, Efeuranken um sich gewickelt und ihre Rollen ganz gut gespielt. Ob ich es fertigbringen würde, sie irgendwo auszusetzen? Das wusste ich nicht, ich konnte es mir nicht recht vorstellen.

Die Katzengräber waren Konstanten, auch wenn im Lauf der Jahre manche unter Giersch und Efeu fast verschwunden waren. Ich wusste von allen Katzen, wo sie lagen, die Namen auf den kleinen Steinen waren fast unleserlich geworden. Als geliebte Gespensterchen wollte ich sie für immer bei mir behalten.

Mein Zettel sah mittlerweile wie eine Lageskizze aus und half mir nichts. Es würde nur über eine Pflanzenliste möglich sein, in den Wandel zu starten. Keine Wunschliste – aus dem Alter war ich raus –, sondern eine Möglichkeitenliste, inspiriert von den robusten Neuanpflanzungen unserer Stadtgärtner, den unverwüstlich vor sich hin blühenden Straßenbegleitrosen und den überlebenden Resten aufgelassener Gärtnereien. Die Rosen an den Ausfallstraßen hatte ich schon lang bewundert, sie trotzten wild blühend aller Unbill, wurschtelten sich durch Brennnesseln und nahmen es sogar mit meinen gehassten Brombeeren auf. Während meine Edlen im Garten sich von mir für ihre paar raren Spätblüten feiern ließen, als täten sie mir einen besonderen und im Übrigen völlig unverdienten Gefallen –

du hast uns viel zu selten gedüngt! –,

zeigten die Rosenproleten an den Straßen noch im November unverdrossen, was sie zu bieten hatten. Gedüngt waren sie höchstens mit Hundepisse.

Genau solche wollte ich haben, klein und stämmig, fleißig und ganz und gar unedel. Ich schrieb das auf. Dazu meine sehr geliebten Heuchera, zu Deutsch Purpurglöckchen. Auf die war ich, wie auf viel Gutes und Praktisches, erst spät im Leben gekommen. Im Frankfurter Palmengarten hatten sie vor wenigen Jahren einen so spektakulären Auftritt gehabt, dass ich mein Vorurteil – *nur so ein salatartiges Krautzeug* – ein für alle Mal über Bord warf. Wo man sie einsetzte, strengten sie sich an. Sie blühten überraschend attraktiv mit zarten Dolden auf sehr langen, dünnen Stängeln. Aus dem kompakten Krautkopf erhoben sich die Blüten, als schwebten sie. Trockenheit steckten sie zwar nicht weg, waren aber nicht gleich beleidigt, wenn man

mal eine von ihnen beim Gießen übersehen hatte. Aber vor allem – ihre Farben! Jedes Jahr gelang es den Heucheranern, neue Varianten zu züchten. Seit ich sie für mich entdeckt hatte, musste ich sie alle kaufen, vom unschuldigsten Maiengrün bis zum blutigen Schwärzlichrot. Gestreifte und scheckige.

Mittlerweile galten die Purpurglöckchen als *Gartenstars*, was nur heißen konnte, dass viele Menschen die gleiche Art von Gewächsen im Garten wollten wie ich: Sie sollten toll und bunt aussehen und wenig Ansprüche haben.

Neue Prächtigkeit für unsichere Zeiten.

Gräser, das war auch eine Möglichkeit. Wenn schon im Rasen kein Gras mehr wachsen wollte, dann würden die großen Geschwister mit ihren Wedeln in den Beeten eine gute Figur machen. Sie hatten fast die ganze Stadt erobert, viele Verkehrsinseln und die Rondelle, um die sich der Kreisverkehr wand. Nicht das längst aus der Mode gekommene *Pampasgras* der Reihenhausgärten, deren letzte, trotzig gehegte Exemplare ich mit einer gewissen Rührung anschaute. Sie waren so wunderbar gestrig wie grüne Tastentelefone und Schulterpolster.

Die modernen Gräser waren viel feiner, nicht so aufdringlich; es gab sie in vielen Rot- und Ockertönen mit fedrigen Pinseln. Man konnte mit ihnen die kompakten Rosen auflockern. Das heißt, wenn diese mir den Gefallen taten und kompakt wurden. Früher, vor undenklichen Zeiten hatte ich mal Dill zwischen die Rosen empfohlen. Sehr ansprechend und sehr unpraktisch. Der Dill wird fast nie groß, denn er fällt allerlei Fressfeinden zum Opfer. Welchen, weiß ich nicht, nur, dass er meist schon im Kinderstadium weg ist. Er scheint verschiedenem Getier zu schmecken. Einmal hatte es auf kleiner Fläche geklappt, bis zur Dillblüte. Sehr hübsch, aber für derlei Experimente war nun keine Zeit mehr. Aus vielen Gründen.

Kräuter waren dennoch eine Option, vor allem solche, die den Schnecken nicht schmeckten. Rosmarin, Thymian, Salbei, die kamen mit Trockenperioden gut zurecht und zeigten Mittelmeerfarben. Bei Aufschreiben und -zeichnen fiel mir auf, dass ich von der Schloss- und Klostersimulation in eine andere rutschte, in die mediterrane. Noch war aber nichts passiert, noch war alles Traum und Plan und grüne Theorie, auf jeden Fall gut als Ablenkung geeignet. Besser als die digitale Notbuchmesse, der zuzuschauen ich mich verpflichtet fühlte, wenn auch nicht lang. Aus einem sehr einfachen Grund war ich zum Scheitern verurteilt, denn zum ersten Mal in meinem langen Buchmesseleben hätte ich an tausend Stellen gleichzeitig sein können. In der Vergangenheit konnte man nicht einmal an zwei Orten zugleich sein, auch wenn das immer wieder welche versuchten. Ich schaute hierhin und dahin, Lesung und Talkshow und noch eine Lesung, ich hörte dahin und dorthin und hörte dann auf damit.

Von ebensolcher Sinnlosigkeit war es, alle existierenden Salbeisorten kennenzulernen.

Aber das machte mehr Spaß.

DER PANDEMISCHE FRIEDEN

EFEU und ein zärtlich Gemüt
Heftet sich an und grünt und blüht.
Kann es weder Stamm noch Mauer finden,
Es muß verdorren, es muß verschwinden.

Johann Wolfgang Goethe, *Gedichte I*
Sprichwörtlich

Indessen war der September in seiner Mitte angekommen und nichts hatte sich geändert. Das Virus schien sich mit Fastverschwinden und Rasantwiederaufbrechen einen bösen Scherz mit der Menschheit zu machen, die im Übrigen wie bei allen Katastrophen der Geschichte sonderbare Ausflüge ins Mystische machte. Man hatte doch wenigstens in unseren Breiten auf eine verlässliche Säkularität gehofft. Aber die bröselte.

Es war immer noch viel zu heiß und viel zu trocken, und auch wenn der Klimawandel aus den Schlagzeilen verschwunden war, zeigte er verlässlich, was er konnte. Außer Flächenbränden und Überschwemmungen schien es kaum mehr etwas zu geben, das freundliche Mittelmaß wurde selten und kostbar.

Meinen Buchsen hatten endgültig ihre letzten Stunden geschlagen. Als armer, kranker Reisighaufen, zerfressen und dürr, lag am 14. September da, was lange Jahre zuvor als artiges grünes Mäuerchen Ordnung und Struktur in meinem Garten vorgegaukelt hatte.

Sie wollten sich gegen die Schaufel kaum wehren, als seien sie dankbar, dass die Quälerei endlich ein Ende hatte. Das Ausgraben war nur noch Sterbehilfe. *Wie man auf so einem kleinen Platz so wegschauen kann*, sagte ich.

Mein Helfer nickte. Seit einiger Zeit konnte man den übermannshohen Thujahecken, die um viele Nobelgärten standen, beim langsamen Sterben zuschauen. Mit braunen Längsstreifen hatte es begonnen, die wurden breiter und breiter, und während der Heckentod schon grinste, wurden sie immer noch rasiert und gestutzt, als könnte man Ihm durch Kontrolle beikommen. Ich habe Thujen nie gemocht, aber jetzt taten sie mir leid. Da und dort waren schon welche durch Holzbarrieren ersetzt worden, hinter denen sich kleine, junge Kirschlorbeerpflänzlein fürchteten. Gegen diese Umwälzung – das Aufwachsen solch monumentaler grüner Mauern dauerte Jahrzehnte – war die Auslöschung meiner kleinen Klostergartensimulation ein Nichts. Allerdings war durch die auch das Wegschauen insgesamt unmöglich geworden. Die Wahrheit, also die sehr dominante Wahrheit lag jetzt dunkelgrün, grau geädert und glänzend vor meinen Augen. Von keiner Verkleidung mehr verborgen: DER EFEU. Er war ja immer schon da gewesen, manchmal hatte ich gefühlte Kilometer von den Baumstämmen gezogen, aber jetzt stand mir düster leuchtend vor Augen: Goethe hatte unrecht.

Mehr noch: Nichts konnte irreführender sein als jenes kleine Gedicht, in dem er, der versierte Gärtner, ausgerechnet dem Efeu, diesem terroristischen Gewächs, einen Vergleich mit dem *zärtlichen Gemüt* gönnt. Entweder hatte er wirklich keine Ahnung vom Wesen des Efeus oder der Pegasus ist mit ihm durchgegangen. Efeu grünt, das lässt sich nicht leugnen, das tut er zu allen Jahreszeiten und von Widrigkeiten unbeeindruckt. Blühen kann er allerdings erst, wenn er ziemlich alt ist, da mag der große Gärtner Goethe die eine oder andere Parallele gesehen haben. Was der Efeu aber ganz und gar nicht brauchte, war Hilfe, mit der allein das *zärtliche Gemüt* laut Goethe durchs Leben kommt.

Mein Efeu besaß weder Stamm noch Mauer. Von den Stämmen war er verjagt und das bisschen Mauer, das bei mir zu finden war, hatte er nachlässig mit ein paar Ranken bemalt – aber verdorren? Oder gar verschwinden? Er wusste gar nicht, was das ist, räkelte sich links, rechts und hinten im Garten, im Schatten der armen kleinen Buchse, war allgegenwärtig und glänzte eitel vor sich hin. Schüchternere, teils lang ansässige Gartengäste waren in seiner Umarmung still verschieden, und ich musste mir meine Nachlässigkeit vorwerfen, dass ich den Mord einfach so hatte geschehen lassen, ohne zu fragen: Wo bleibt eigentlich dieses Jahr die Prachtspiere? Oder die kleine Waldrebe? Auch die

Sache mit den Herbstanemonen war geklärt. Schon seit zehn Jahren oder länger jammerte ich darüber, dass die schönen Stauden mit den malvenfarbenen Blüten, ein Trost in der dunkler werdenden Jahreszeit, bei mir nicht verwildern wollten. Das taten sie doch sonst überall ohne große Umstände, jetzt wusste ich: Der Efeu, mein Efeu hatte über Jahre ihre Samen abgefangen. Wahrscheinlich aufgefressen. Oder vergiftet.

Der Einzige, der sich hier ausbreitet, bin ICH.

Und so war es bei den stets gleichen fünf tapferen Anemonenblütchen geblieben.

Denn es gibt, wie unter den Menschen
Immer auch unter den Pflanzen ein paar von beson-
    derer Stärke,
Gierig im Wachstum und frech und rücksichtslos ge-
    gen die Nachbarn

So dichtete der andere große Gärtner unter den Dichtern, Hermann Hesse. Der hat wahrhaftig viel über Pflanzen gewusst, zu seiner Zeit war es mutig, derlei vermeintlich unpolitische Texte zu publizieren. Der große Hessekenner und Herausgeber Volker Michels beschreibt in seinem Nachwort zum Sammelband *Freude am Garten* ziemlich bitter, dass die damaligen Speerspitzen des Fortschritts und der literarischen Korrektheit Hermann Hesse als *Gartenzwerg unter den Nobelpreisträgern* der Lächerlichkeit preisgaben. Nun, indessen ist diese Fortschrittlichkeit vierzig Jahre alt, lächerlich sind nur mehr die damaligen Verächter.

Ich zog in diesem trockenen Corona-Herbst in meinem entkleideten Garten aus Hesses Texten eine ganz andere Lehre und traute mich an ein paar gedankliche Entgleisungen – moralische Kategorien auf Pflanzen anzuwenden, zum Beispiel. Im Grunde war das völliger Nonsens.

Die tun ja nur, was ihnen gegeben ist, aber es eröffneten sich mir in diesem merkwürdigen Herbst ganze Denkkontinente, weil ich das ignorierte. So vieles galt nicht mehr, Regeln, Nähe, Gewohnheiten, warum sollte man nicht einfach ein wenig spinnen? Es sorgte für gute Laune, und es blieb völlig folgenlos. Den Efeu störte es nicht, dass ich als ratlose Gartenfrau meine Rede an ihn richtete. Denn so viel war klar: Ich musste meinen Frieden mit ihm machen. Loswerden konnte ich ihn nicht, das würde Kahlheit, Verwüstung, Wurzelkampf und einen zähen Krieg bedeuten, für den war ich jetzt gottlob zu alt, aber um ehrlich zu sein, auch zu feige. Um noch ehrlicher zu sein, feige war ich schon in jüngeren Jahren. Es war eine traurige, zugleich erleichternde Bilanz, die ich da zog. Lange Zeit hatte ich es vielen verschiedenen Gartenbewohnern recht machen wollen, was sich als unmöglich erwies, da ich einige wenig kannte, andere falsch einschätzte. Sie waren beleidigt, wurden verstockt, mal waren es die Rosen, die sich nicht wohlfühlten, dann wieder die Hortensien. Die Einjährigen fühlten sich nicht gewürdigt. Viele mochten im Zusammenspiel überhaupt nicht mitmachen, aber ich schleppte sie mit, kurz: Mein Garten war eine Art Europäische Union, uneinig, die Mitglieder misstrauten einander und damit auch mir. Und wenn ich nun schon mit dieser verrückten Betrachtungsweise angefangen hatte, lag nichts näher, als den Efeu als Großmacht anzuerkennen. Russisch grün, das war seine Farbe. Sein Wesen: Annektionsbereit, die eigene düstere Größe gern beweisend, selbstbewusst. Widerstandsfähig. Von wegen hilfsbedürftiges *zärtliches Gemüt*! Den Schwächlingen würde er es schon zeigen.

Die Schwächlinge, also die anderen Mitglieder, hatten aber noch eine andere Macht auszuhalten, schmiegsam, scheinbar verbindlich, hell und wandlungsfähig – den *Wilden Wein*. Der war erst nirgendwo und wie aus dem Nichts überall. Das heißt, aus dem Nichts kam er natürlich nicht, ich hatte immer um seine Existenz gewusst, sie sogar begrüßt. Im Herbst zeigte er eine schöne rote Farbe, ebendiese Farbe verriet aber plötzlich, wo überall er sich angesiedelt hatte. Rote Girlanden auch da, wo ich sie nicht vermutet hatte, in den Beeten, über den Steinfiguren, an Geländern, dekorativ schon, aber leise drohend:

Das ist erst der Anfang!,

sagten die Ranken in ihrem herrlichen Rot, irgendwie chinesisch war dieses Rot.

Im Winter wären sie dann fast unsichtbar, die Weinranken, blätterlos, und wenn sie im Frühjahr grün und bescheiden wiederkämen, würde ich neu erobertes Terrain gar nicht sehen. Einfach nicht so genau hinschauen, das hatte ich ja gelernt. Hauptsache, es wächst überhaupt was. Wenn man sie abriss, die Ranken, schienen sie es nicht übelzunehmen, sie hinterließen nur rührende, winzige Füßchen. Sogar in mein Schlafzimmer hatte es ein Sendbote geschafft, die kleinen Pfötchen sieht man immer noch am Fenster.

Während Pilze, Trockenheit und Geziefer allen möglichen Gewächsen böse zusetzten und ich nicht wusste, was noch alles zum endgültigen Opfer werden würde, schienen die beiden Großmächte immun. Sie zeigten überhaupt keine Spuren, von nichts, wenn es nicht regnete, dann tat es das eben nicht.

Die sentimentale Frau mit ihrem Sprenger würde ja genügend teures, kostbares Trinkwasser herunterrieseln lassen. Wahrscheinlich saugten sie meinen empfindlicheren Bewohnern das Wasser einfach weg.

Kein einziges Fraßloch war am Wein zu sehen, den Efeu rührte sowieso nichts an. Um aber gerecht zu sein: Der blühende, alte Efeu rings um meine Terrasse, den ich für eine Art Überbleibsel aus der Zarenzeit hielt, vornehm und gut erzogen, brachte den Garten zum Summen. Die letzte Bienenweide des Jahres war auch im Corona-Herbst eine hör- und sichtbare Freude. Mir schien, als kämen noch mehr als sonst, Stadtbienen, vielleicht Gäste aus den Hobbyimkereien, die mittlerweile sehr in Mode gekommen waren.

Es konnte in meinem Mikrokosmos nur um Koexis-

tenz gehen, so viel war klar. Loswerden war keine
Option. Am besten würde das mit dem diplomati-
schen Gleichgewicht wahrscheinlich durch ein gewis-
ses Quantum an Verständnis funktionieren. Vielleicht
ließ sich sogar etwas wie Zusammenarbeit erreichen,
aber ich war gut beraten, nicht zu viel von mir zu ver-
langen. Zumal meine Möglichkeiten beschränkt waren.
Ich konnte zum Beispiel nicht lang knien, um Rus-
sischgrün und Chinesischrot in ihre jeweiligen Schran-
ken zu weisen. Um einmal mehr ehrlich zu sein, ich
konnte gar nicht mehr knien, zu keinem wie auch immer gearteten Zweck. Und wenn ich es doch mal tat –
nicht ohne darauf geachtet zu haben, dass keiner mich
dabei sehen konnte –, musste ich vorher einen Eimer
hinstellen, zum Draufstützen, wenn ich wieder hoch-
wollte. Nicht selten fiel der Eimer dabei um.
Auch damit, wie mit so vielem anderen, wollte ein Frieden gemacht werden, die Rückzugszeit war gut geeignet, um über die Bedingungen nachzudenken. Über
das unerbittliche *Jetzt*, zum Beispiel. Nicht irgendwann, *jetzt* mussten die Weichen gestellt werden, damit Kämpfe und Lügen und Selbstbetrug, Spekulatio-
nen auf irgendeine Zukunft und all der Kram, mit
dem wir Menschen uns so gern täuschen lassen, endlich aufhörten. Jedenfalls für mich, auf dem mir anver-
trauten Stückchen Erde. Nicht Paradiesespracht und
Perfektion in irgendeiner Zukunft, sondern friedliche
Koexistenz mit dem Unabänderlichen, mit der Gegen-

wart. Dem Alter. Der Trockenheit. Dem Efeu und letztlich dem umgefallenen Eimer.

Von jenseits des Zauns waren ähnliche Rufe zu hören,
da ging es um andere Dinge, aber auch um das *Jetzt!*
– Kohleausstieg, Abholzungsstopp, Mindestlohn, Mie-
tenbegrenzung, Diktatorenverjagen – *Jetzt!* In den
ersten Monaten der Pandemie war es still geworden
um viele Themen, bei denen man sich ans Vertröstet-
werden schon gewöhnt hatte, im Herbst aber wurden
sie wieder hervorgeholt. In anschwellender Lautstärke.
Ja, und Sichtbarkeit war auch wieder da, von den Vernünftigen und den Unvernünftigen, die sich vermehrt
zu haben schienen und in vorher nicht gekannten Ver-
kleidungen auftauchten. Bei meinen Ausflügen aus
der Abgeschiedenheit des Gartens in die Außenwelt,
mit denen ich nie aufgehört hatte, fiel mir mehr und
mehr auf: Das Virus hatte etwas mit dem Erschei-
nungsbild der Menschen gemacht. Auf ästhetische Be-
mühungen wurde weitgehend verzichtet. Die unheil-
verkündende Hitze tat ein Übriges, und während die
Bäume zu früh ihre Blätter fallen ließen, konnte man
in den Supermärkten sonderbarste und schrecklichste
Entkleidungen sehen. Eine große, lähmende Gleichgültigkeit hatte sich ausgebreitet und sie verschonte
niemanden, auch mich nicht. Nach einer Stunde mas-
kierten Herumwanderns in den Warengängen – leere
Regale sah man nicht mehr – hätte ich mich auch über
Aluhüte oder Antennen in den Ohren nicht gewun-

dert. Ich wollte immer schnell wieder heim, zurück in meinen Garten. Für ihn vielleicht ein Abendkleid anziehen, nur so. Ich hatte gar keins, erwog aber, eins zu kaufen. Mir schien, eine Art Einsamkeitspracht wäre notwendig. Um die ging es, die war das Ziel meines Gartens. Und zwar für mich. Nicht, dass er andere beeindruckte, war mir wichtig, das hätte er auch gar nicht können.

Vita Sackville-West, die größte von allen, trotzte dem beginnenden Zweiten Weltkrieg, indem sie *eine langsam wachsende Magnolie* pflanzte.

In hundert Jahren wird jemand sie durch die Ruine des Turms wachsen sehen … und wird sagen, irgendjemand muss sich einmal um diesen Ort gekümmert haben.

Wir Nachfahren leben von solchen Gärtnern, die, als sie pflanzten, auch an uns dachten, an uns, die sie nie kennenlernen würden. So wenig, wie sie je die *langsam wachsende Magnolie* in voller Pracht würden sehen können.

Nein, ein *hinterlassungsfähiges Gebilde* war überhaupt nicht mein Ziel, die Erkenntnis verdankte ich dem Corona-Jahr. Mein Garten sollte nur ein Teil von mir sein und bleiben, ein Teil, der sich mit jedem Frühjahr erneuerte, was mir nicht gegeben war. Das klingt armselig, aber was sollte ich machen? Die Fragen im Kopf –

Werde ich dieses Neugepflanzte noch wachsen sehen?

Lohnt die Aussaat von Zweijährigen?
Kann ich meine Buchen vor dem Baumhass gewisser
Nachbarn schützen?
Wie lang bleibt mir dieser Fleck Erde mit allem, was
auf und über und unter ihm lebt, überhaupt noch an-
vertraut? –
ließen sich nicht abdrehen wie ein nerviges Radio.
Nur der Garten, der konnte sie zum Verstummen bringen. Schließlich war noch immer ich es, die den Groß-
mächten die Stirn bieten und dem schwachen und
zerstrittenen Grüppchen der Hübschen das Leben er-
leichtern musste.
Zum Frieden, auch zum pandemischen, gab es keine
Alternative.
Also auf zu neuen Verhandlungen.

FLIEGEN, KRIECHEN, WARTEN

Und schon Millionen Jahre,
bevor es uns Menschen gelang,
das erste Fischernetz zu knüpfen,
fingen Köcherfliegenlarven
andere Tiere in Netzen.

Anne Sverdrup-Thygeson
Libelle, Marienkäfer & Co.

Der September war vorbei, das wütend hitzige Wetter auch. Ganz plötzlich war es kalt geworden, es hatte sogar etwas geregnet. Der Garten schien erleichtert zu seufzen, es knisterte nicht mehr überall vor Dürre. Wie sehr dieser dritte Sommer in Folge geschadet hatte, würde man erst im nächsten Frühjahr sehen. Seit ein paar Tagen war das große Spinnennetz unter meinem Arbeitszimmer zwischen Pfeifenwinde und Pfeifenstrauch leer. Diese beiden langjährigen Gartenbewohner sahen nicht gut aus, rostig und müde. Trotz des ähnlichen Namens hatten sie botanisch nichts miteinander zu tun, zeigten sich aber beide normalerweise ungestüm, robust und wuchsfreudig. Eigentlich waren sie nicht unterzukriegen und beschenkten einen mit Tausenden von Blüten. Die der Pfeifenwinde sahen merkwürdig aus, ein wenig obszön, als sei ein Erotikversandkarton aufgeplatzt, so lagen sie zu Dutzenden

auf dem Boden, wie kleine, grüne Dildos. Der Pfeifenstrauch war dagegen vornehm und ahmte den Jasmin
nach. Sogar dessen Duft versuchte er zu kopieren.

Die Trockenheit hatte sie beide nicht verschont. Jetzt
tat es mir leid, dass ich sie im Frühjahr mit Gewalt
und Formschnitt hatte zur Raison bringen wollen.

Die Bewohnerin des ausgedehnten Netzes zwischen
ihnen war wohl für den Winter umgezogen. Ebenso
ihre Tochter, die ein etwas kleineres Netz neben der
Behausung der Mutter gebaut hatte.

Ich brauchte immer Geschichten, um Insekten- und
Spinnenfurcht zu überwinden, und auch Namen. Mein
Trost und meine Entschuldigung für derlei magische
Albernheiten war, dass es die alten Naturforscher ge-
nauso gemacht hatten, es also nicht kindisch oder ver-
messen sei, zu denken:

*Ich habe dich bei deinem Namen gerufen. Jetzt kannst
du mir nichts mehr tun.*

Mir war natürlich bewusst, dass meine Gründe denen
der echten Naturforscher überhaupt nicht glichen, ganz
im Gegenteil. Der Forschung lag an *Arten* und an der
Erkenntnis gemeinsamer Verhaltensweisen und Eigen-
schaften der Tiere. Mich interessierte nur das Individuum, das einzelne Wesen und sein Verhältnis zu mir.
Ich wollte keine Grenzen zwischen mir und anderen
Geschöpfen haben, auch nicht zwischen solchen, die
mir fremd und ein wenig eklig waren. In diesem be-
drohlichen Sommer, in dem ich mich mehr oder we-

niger freiwillig von meiner eigenen Spezies fernhielt, traute ich mich, solchen Gedanken einfach mal ihre Freiheit zu lassen. Das normale gesellschaftliche Leben hatte solche Spinnereien sonst in andere Richtungen geschubst. Aber so vieles war verschwunden, auch die Angst, für verrückt gehalten zu werden. Verrückt worden im Wortsinn, also an den falschen Platz geraten, schien fast alles ehemals Sichere und Gewohnte. Was machte es da aus, dass ich mir ungewöhnliche Gesellschaft suchte? Zumal die andere, vertraute, gefährlich geworden zu sein schien?

Die Riesenspinne nannte ich Brunhilde. Ihre kleinere Nachbarin, die Wochen nach der immer größer werdenden Brunhilde aufgetaucht war, hieß nur *die Tochter*. Jetzt waren beide weg.

Ich hatte mich den Sommer über Schritt für Schritt näher an die große Spinne herangewagt, immer zwischen Grusel und Neugier schwankend, was voneinander ja sowieso nicht zu trennen ist. So eine hatte ich nie zuvor gesehen. Gelblich, dick, mit gestreiften Beinen, unter ihresgleichen wahrscheinlich eine Schönheit.

Insektensterben war schon lang ein Thema gewesen, eine eher abstrakte Bedrohung, obwohl ich sie durchaus ernst nahm. Leider war mir längst klar, dass ich gegen die weltweite Ausrottungsidiotie nicht das Geringste ausrichten konnte. Gerührt schaute ich auf die Schulkinder-Garteneckchen in meiner Nachbarschaft, wo ausgesäte einjährige Blumen mit einem handgemalten Schild versehen worden waren:

Wiese für Insekten,

damit die sich auch zurechtfanden. So lieb. Ich hätte diverse Großlandwirte und Landwirtschaftsministerinnen an solchen Gartenzäunen anbinden mögen, damit sie sich schämten.

Ganz ohne Schild oder besondere Einladung aber fanden sich im pandemischen Sommer bei mir im Garten mehr Insekten als all die Jahre zuvor ein, auch sehr merkwürdige, vorher nie gesehene Spezies. Die majestätische Spinne war nur eins unter vielen Rätseln. Begonnen hatte es im Frühjahr mit dem Auftauchen ungewöhnlich vieler Schmetterlinge. Gut, es waren hauptsächlich Kohlweißlinge, aber die für ordinär zu halten, wäre in unserer falterarm gewordenen Zeit niemandem eingefallen. Die bösen, hübschen Zünsler hatten sich zwischen sie geschmuggelt, die Killer, und so gaukelte es in großen Wolken und hübsch weiß über dem, was ich meinen Rasen nannte. Der war eher ein Irgendwiegrün, aber dafür musste man sich schon länger nicht mehr schämen, der Klimawandel hatte dafür gesorgt. Rasenteppichkönige und Nagelscherenpuristen waren längst gestürzt und hoffentlich ein für alle Mal aus der Mode gekommen.

Ein großer, schöner, goldorangefarbiger, dunkel gezeichneter Schmetterling lag eines Frühsommertags auf den Steinen, mit weit aufgeklappten Flügeln – oje, tot?

Ich mochte gar nicht hinschauen, auf meinen paar Quadratmetern durfte kein Unglück geschehen, da war ich eigen. Aber er sonnte sich nur, der Wunderbare, und ich schaute ihm glücklich dabei zu. Nur er und ich.

Viel später wollte ich dann doch wissen, wie er hieß, ihn einordnen und damit bewerten.

Nie sollst du mich befragen, aber wir können es eben nicht lassen und verpassen dabei so viel.

Es war ein Kaisermantel, der sich wohl aus irgendeinem Wald zu mir verirrt hatte.

Selten. Als wäre das wichtig.

Du bist genauso schön, sagte ich trotzig zu einem der unzähligen Kohlweißlinge, dem ich ein paar Tage später beim Trinken zuschaute. Da war der Kaisermantel längst wieder in seinen Wald zurückgeflogen, der Kohlweißling schlug sachte mit den Flügeln, zeigte seine dunklen Seitenflecke und ließ sich von mir nicht stören.

Er bewegte ganz langsam seine Flügel, trank ein wenig und zeigte seine ganz besondere Schönheit.

Aber an den Kaisermantel dachte ich immer wieder – ob man sie in der Mehrzahl *Kaisermäntel* nennt? – und die Wissenschaft kriegte mich auf die Art in ihre Krallen. Alles, was ich finden konnte, las ich, über ihn, dessen lateinischer Name an Aphrodite, die griechische Göttin der Schönheit, erinnert.

Im späten Frühjahr zeigte sich eine goldene Invasion,

die ich nie zuvor bei uns gesehen hatte. Hart und glänzend waren diese Käfer, wie aus Messing gemacht, mit einem gewissen Selbstbewusstsein krabbelten sie ohne Eile umher und es dauerte Tage, bis ich entdeckte, dass sie fliegen konnten. Sie schienen das nur zu tun, wenn es ihnen unbedingt notwendig erschien, ich fühlte mich von ihnen nicht wirklich ernst genommen. Das gefiel mir, und ich verzichtete bald darauf, sie mit einem Halm so lang zu ärgern, bis sie halt dann doch missmutig ihre kugeligen Flügel auseinanderklappten und mit einem kaum hörbaren Schnurren abhoben. Ob es überhaupt Käfer waren?

Sie waren keine, sondern *Waldasseln*. Allein das Wort *Assel* sorgte bei mir schon für Schaudern. Sehr nützlich und eigentlich Krebstiere. Für irgendeine Zuneigung reichte das aber nicht, die hübschen, goldenen Einwanderer erinnerten mich unweigerlich an ihre düstere, lichtscheue Verwandtschaft. Die lebten überall und ich hatte sie immer, so gut es ging, ignoriert. Sie sollten ihren Job machen – alles Mögliche *zersetzen* – und mir bitte nicht unter die Augen kommen.

Im Corona-Sommer, der notgedrungen ganz meinem Garten gehörte, hieß das: Ich musste mich dieser Parallelgesellschaft stellen. Ein schwach besetzter Blumentopf wurde endlich ausgekippt, und während ich überlegte, was ich Nettes und Aufheiterndes in ihn würde hineinpflanzen können – Gartencenter waren schon seit dem Frühjahr wieder geöffnet, zum Erhalt des gesellschaftlichen Friedens –, war von Frieden innerhalb des Topfes keine Rede mehr. Vor meinem gedankenlosen Übergriff hatte der da drin wohl geherrscht. Jetzt war durch meine Brutalität mutwillig ein gut funktionierendes Gemeinwesen zerstört und die armen, hässlichen, kleinen Dinger ihrer schützenden Heimat beraubt. Auf kleinstem Raum hatten unfassbar viele Krebstiere bescheiden im Blumentopfdunkel gelebt, ich hatte ihren Kosmos kaputtgemacht. Hin und her rasten sie auf ihren acht Beinchen, ratlos und erschrocken.

Bloß raus aus dem furchtbaren Licht!, schien ihre Devise zu heißen.

Das Schwierige mit den Asseln war für mich: Ich brachte es nicht fertig, mir ein Asselindividuum vorzustellen, eine Einzelassel, sozusagen. Nicht einmal meine Erinnerung an die anrührendste Kakerlake der Weltliteratur, *Dali* aus Oriana Fallacis Buch *Ein Mann*, half mir dabei. Ich versuchte mir vorzustellen, eine aus dem Asselgewusel teile mit mir eine Gefängniszelle und mangels anderer Gesellschaft würde sie für mich ein sehr wichtiges und unverwechselbares Lebewesen werden. Das funktionierte nicht. *Dali* hatte ein Du werden können, für den inhaftierten Panagoulis, aber all meine Fantasie reichte nicht aus, um mir Ähnliches bei einer Assel vorzustellen. *Eine* Assel war eben gar nicht vorstellbar. Mit jedem Tag, an dem ich versuchte, mit der Welt in Kleinstgartengröße zurechtzukommen, wurde mir klarer: Die haben sich da einen Riesenstaat eingerichtet, unsichtbar und unhörbar, und ich störte. Ich störte, wenn ich eine Kanne hochhob; ich störte, wenn ich eine Steinfigur versetzte, den Pflanztisch endlich mal aufräumte oder den Bioeimer wegtrug. Ich störte eigentlich mit allem, und der Plan, mit neuem Glück in alten Töpfen etwas Fröhlichkeit in die bedrückte Zeit zu kriegen, erschien mir plötzlich bedrohlich. Mein blödes Karma würde den Bach runtergehen, wenn ich all die Schattenreiche zerstörte. Als ich den Fall mit einer Freundin zu besprechen versuchte, sagte die nur: *Ja, ja, wir werden alle nach diesem Corona-Mist einen Psychiater brauchen.*

Sie verstand mich also nicht, das war auch kein Wunder. Es gab längst, nach den vielfachen Betäubtheiten der ersten Monate, ein lauter werdendes trotziges Beharren auf Irrsinn.

Ich behauptete nicht, dass irgendwo im Erdinneren Echsen Kinderblut trinken würden und mit Hillary Clinton zusammen in einer New Yorker Pizzeria ans Licht kämen. Mir ging es nur um einen allgegenwärtigen, das Licht scheuenden Staat.

Subtile Jagd nannten wir nach Ernst Jünger spöttisch die Beschäftigung mit Unwichtigem, Nebensächlichem. Ob sie das wirklich waren, die Asseln? Ich wusste es nicht. Namen hatte ich keine für sie.

Es war in dem Jahr für Schnecken viel zu trocken. Das wussten aber die Schnecken nicht, und so krochen sie in großer Zahl schon zeitig herum, die mit und die ohne Häuschen. Die mit Häuschen waren mir eine Herzenssache, obwohl ich ihren überraschenden Appetit oft verfluchte. Überraschend deshalb, weil jedenfalls meine Häuschenschnecken Sachen aßen, die die Häuschenschnecken anderer Leute nicht anrührten. Tagetes. Buntnesseln. Oxalis. Vielleicht glaubten sie, mein Angebot auf keinen Fall verschmähen zu dürfen. Eins der schönsten Bücher, die ich kenne, ist von Elisabeth Tova Bailey und heißt: *Das Geräusch einer Schnecke beim Essen.*

Nicht eine Pandemie, das Stillstehen der Welt hatte die kleine Häuschenschnecke mit der Autorin zusammengebracht, sondern ein *Lockdown* durch deren schwere Krankheit. An einem Veilchentopf hatte das kleine Tier den Weg ans Krankenbett gefunden. Wer nach der Lektüre dieser Geschichte noch imstande ist, Schneckenmord zu betreiben, ist keinen Garten wert.

Wieder geht es um das Individuum, das Geschöpf und seine Einzigartigkeit. Die erschließt sich uns Menschen offenbar nur unter Zwang. Wir lassen uns bezaubern, wenn uns buchstäblich nichts anderes mehr übrigbleibt. Mrs Bailey schrieb in ihrer Bewegungslosigkeit:

Je vertrauter mir die Welt der Schnecke wurde, desto fremder wurde mir die Menschenwelt; meine eigene Spezies war so groß, so gehetzt, so verwirrend.

Ja, das war sie, unsere Spezies, aber nun hatte etwas

sie ausgebremst, und alle mussten sehen, wie sie klarkamen. Meine Schnecken hatten ihre Eier in der Biotonne abgelegt, Babyschnecklein, durchsichtig und winzig, klebten auf der Unterseite des Deckels. Ich konnte sie nicht unversehrt da wegkriegen, also musste ich warten, bis sie größer und stärker geworden waren. Nach jeder Leerung war ich froh, dass sie sich gut festgehalten hatten. Bald konnte ich sie in den Garten setzen. Ja, der Sommer war viel zu trocken für sie, aber sie haben es nicht gemerkt. Und jemanden, vor dem ich diese dusselige Sentimentalität rechtfertigen musste, gab es nicht.

Marienkäfer blieben in diesem insektenreichen und überraschenden Jahr selten, nur die gelben, die mit Migrationshintergrund, sah ich öfter. Ein unvergesslicher Abend gehörte einem Glühwürmchen an der Terrassentür. Ich hatte schon lange keins mehr gesehen und erkannte das Wunder nicht gleich. Es glomm grün vor sich hin, ich erinnerte mich an die lichterübersäten Wiesen von einst und wollte draußen schlafen, um nichts von dem einsamen Leuchten zu verpassen. Noch am selben Abend ist es gestorben.

Viel Leben – und viel Tod, aber der machte sich fast unsichtbar. So bunte und schimmernde Libellen wie dieses Jahr hatten meinen kleinen Tümpel noch nie besucht, vor ihnen hatte ich immer ein wenig Angst, vor diesen Drohnen mit ihren Geschwindigkeitswechseln. Rumschießen wie verrückte Pfeile oder Stillstehen, man wusste nie, was kam. Ich duckte mich unwillkürlich, wenn sie zum Landeanflug ansetzten.

Wo seid ihr jetzt?, dachte ich im Herbst.

Kommt ihr wieder?

Werde ich noch da sein, um euch zu begrüßen?

Was aber bleiben würde: die Asseln. Da war ich ganz sicher.

NACHTLEBEN

Doch unenträthselt blieb die ew'ge Nacht,
Das ernste Zeichen einer fernen Macht.

Novalis

Über die Nächte meines Gartens habe ich lange Zeit nicht nachgedacht. Das heißt über die Nachtstunden, die er mit sich allein verbrachte. Das waren im Sommer oft wenige. Manchmal musste er mich und meine Gäste länger ertragen, so dass ihm nur wenig Zeit für sein eigenes Leben blieb. Dafür hatte er im Winter mehr als genug davon. Während ich ihn veränderte, in die von mir gewollte Form zu bringen versuchte, kleine Kämpfe mit ihm ausfocht, Niederlagen hinnahm –

jetzt ist auch der dritte Perückenstrauch hinüber, der wird hier nichts –

oder Siege feierte –

wunderbar, die Hortensie! –,

wollte ich von seinen Nächten nichts wissen. Da hatte er seine Ruhe und seine eigenen Gäste.

Aufgefallen war mir das zum ersten Mal, als er vor wenigen Jahren eine große Störung erfuhr, die nicht ich verschuldet hatte. Ein Gerüst musste aufgestellt werden. Gerüstbauer sind die natürlichen Feinde von Gärten. Es gab Gartenbesitzer, vor allem aber Besitzerinnen, die laut jammernd jedes Kräutlein vor den bösen Streben und Brettern zu schützen suchten. So wollte ich mich auf keinen Fall aufführen und sah zu, wie schwere Schritte über meine Rosen und die mühsam gehegte Alchemilla trampelten. Wegschauen konnte ich nicht. Ich machte den Männern, die einander Unverständliches zuriefen, alle drei Stunden Kaffee, um sie gnädig zu stimmen. Mir schien, als sprächen sie nicht mal miteinander die gleiche Sprache, wie hätte ich ihnen klarmachen sollen, dass da etwas Wunderbares unter ihren großen Füßen zu sterben drohte? Sie konnten nicht wissen, dass im nächsten Jahr, so Gott wollte, die Zweijährigen endlich blühen könnten, wenn sie nicht totgetreten würden. Sie sahen ja nur irgendwas kleines Grünes.

Ich kam mir selber albern vor. Sie gaben sich wirklich Mühe, das muss ich anerkennen. Als ihnen irgendein Material fehlte, hockten sie sich auf den Gartenweg und kratzten freundlich mein ganzes hübsches Moos aus den Fugen. Ich traute mich nicht, sie daran zu hindern.

Vielleicht hätte ich zur Kur fahren sollen während all dem Elend, sagte ich zu meiner Nachbarin.

Da wärst du noch verrückter geworden und hättest alle zwei Stunden angerufen, antwortete die. Und sie hatte recht.

Eines Herbsttags, viele Kaffees und Verzweiflungen

später, war eine Unruhe bei den Männern zu spüren, sie diskutierten und zeigten sich gegenseitig etwas unter der Terrasse. Mir wurde angst. Dort, in dem geheimnisvollen Hohlraum, der im Lauf der Jahre zugewachsen war mit Efeu und Wein, hatten wir beim Freiräumen für die Baustelle Wochen zuvor die Mumie eines Katers gefunden, eines alten Streuners, Hugo genannt, den ich gefüttert, und als er nicht mehr kam, mit Plakaten gesucht hatte. Sieben Jahre war das her, und wahrscheinlich genauso lang hatte er da unten gelegen. Keine vier Meter von mir entfernt, im Schutz der unzugänglichen Höhle unter meiner Terrasse, hatte er sich in einer Nacht zum Sterben hingelegt. Es musste nachts geschehen sein, am Tag hätte ich ihm doch helfen können. Dünn wie Papier war sein Körper im Lauf der Jahre geworden, aber ich erkannte seine Fellzeichnung. Er sah aus wie ein kleiner ägyptischer Gott und wurde hinten im Garten begraben.

Was mochte jetzt die Männer so irritieren?

There's a prrroblemm witt animal!, sagte der einzige von ihnen, der ein paar Brocken Englisch konnte.

Bitte nicht noch mal, dachte ich.

Wohlversteckt zwischen alten Steinen, hatten sie drei winzige Igel gefunden, nicht größer als Mäuse, mit weichen Stacheln und blanken Augen.

Mama will come, sagte der Mann freundlich.

Wie sollte ich es ihm erklären? Selbst wenn Mama käme, was ich bezweifelte, bei all dem Hin und Her und dem Krach, wir hatten mittlerweile Ende Oktober, und mit oder ohne Mama, sie würden es nicht schaffen. Sie waren zu klein. Mir war das alles viel zu viel Verantwortung. Aber so zu tun, als hätte man nichts gefunden – das ging auch nicht. Am liebsten hätte ich meinem Garten gesagt, das alles sei nachts passiert, Katertod, Igelliebe. Es sei allein seine Sache, wie vieles andere, das ich im Dunkeln nicht sah, das mich nichts anging. Gut, manchmal hatte ich das typische Igelhusten im Gebüsch gehört und mich drüber gefreut. Wenn das mit dem Gerüst nicht gewesen wäre, hätten die drei auf keinen Fall überlebt. Ich hätte aber nichts davon gewusst und auch nicht darüber nachdenken müssen, was die Igelin empfände, wenn sie sich in der Stille der Nacht doch zu ihrem Nest wagen und es leer finden würde.

Um es kurz zu machen, wir packten die winzigen, lebendigen Bürstchen in einen Korb voll Laub und sorgten dafür, dass sie mit einer ordentlichen Mitgift versehen in eine Igelstation kamen. Vorher hatten sie Fencheltee bekommen, es war höchste Zeit gewesen. Dabei fiel mir wieder auf, dass es nichts Energischeres gibt als einen jungen Igel, der Durst hat. Wir hatten schon früher welche großgezogen, sie randalierten nachts. Deswegen war ich sehr froh, als sich Profis ihrer annahmen. Alle drei sollen große, starke Igel geworden sein. Ob ihre Mutter damals nach ihnen gesucht hat, wollte ich lieber nicht wissen.

Es war für mich immer so gewesen: Tür zu, lieber Garten, Vorhänge auch, wen du nachts willkommen heißt, ist deine Sache. Alle Gärten haben ein Nachtgesicht, auch die kleinsten, ein wildes, gewalttätiges, rohes Gesicht. Tagsüber erwischt man eigentlich niemanden beim Erwürgen oder Morden, jedenfalls nicht, wenn man wie ich den frühen Morgen meidet. Mein finnischer Nachbar hatte seine Freude daran bekundet, einem Turmfalken beim Reißen unserer Tauben zuschauen zu können, noch vor Sonnenaufgang.

Ich habe ihm sssogar fotografiert!

Er zeigte sich so stolz, als habe er den Falken persönlich ausgebrütet, er war ein Naturmensch durch und durch. Ein Falke, mitten in der Stadt, das war doch toll!

Und es gibt sssowiessso zu viele Tauben!

So mochte ich nicht denken, es war zwar wahr, aber herzlos. Ich konnte es ihm nicht begreiflich machen: Dafür hatte ich den Garten, um mich vor der Natur zu schützen. Ich war ihr nämlich nicht gewachsen.

Federn auf dem Rasen waren für mich schon zu viel, und so wunderbar ich den Falken auch fand – der finnische Nachbar hatte ihn x-mal auf seinem Handy –, mit seinen natürlichen Bedürfnissen kam ich nicht gut klar.

Die Katzen und Kater, die mein langes Leben geteilt hatten, mussten mit sehr wenigen Ausnahmen die Nächte drin verbringen, obwohl sie viel lieber draußen gewesen wären. Siehe Federn im Garten. Freie Streuner wie Hugo sollten die Ausnahme bleiben, es war zu schmerzhaft, sie zu lieben.

Manche Umtriebe hörte man tagsüber, sah aber ihre Verursacher nie. Ein Schnaufen und leises Schaben, Gekratze und Geraschel im Gebüsch, Quieken oder Schnarchen. Ich zog es vor, nicht genau Bescheid zu wissen. Mein Verdacht, auch Pflanzen setzten finstere Pläne nur nachts in die Tat um, bestätigte sich oft. Gartenprofis behaupteten, die Idee sei, gelinde gesagt, verschroben und aus botanischer Sicht unhaltbar. Ich wusste es besser. Der unausrottbare Beinwell machte ausschließlich nachts seine Geländegewinne an Stellen, wo ich ihn nicht haben wollte, und heimtückisch vom Efeu abgewürgte Äste sah ich immer nur vormittags. Abends zuvor war da noch alles in Ordnung gewesen.

Im stillgelegten Sommer der Pandemie kam es mir vor, als sei das Nachtleben vielfältiger geworden, als sei allerlei eingewandert über die ruhigeren Straßen. Vielleicht bildete ich mir das auch nur ein, unsere Gegend war auch zuvor nicht grade eine Partymeile gewesen. Aber es gab helle Fenster bis in die späten Stunden, manchmal sah man Zigarettenwölkchen von den Balkons aufsteigen oder hörte einen Hund bellen. Ob die, die da wohnten, sich Gedanken machten über das Leben, das sich nachts unter ihren Fenstern abspielte? Sie schauten ja alle in das gleiche dunkle, kleine Geviert mit dem Brunnenstein in der Mitte, aus dem das

Wasser kaum hörbar ins Fischbecken lief. Sie schauten, wenn sie denn wollten, in die Geheimnisse meines Nachtgartens. Nur ich tat das nie. Mein nächtliches Leben, wach oder nicht, spielte sich auf der anderen Seite des Hauses ab. Nachts ging er mich nichts an, der Garten. Ich wollte nicht einmal an ihn denken und überließ ihn willig seinem eigentlichen Sein. Aber das habe ich erst nach Jahrzehnten und spät im Leben begriffen. Dabei war eine Menge darüber bei den Dichtern zu finden, vieles davon kannte ich und war nur zu ignorant gewesen, um es richtig zu verstehen.

Hast auch du ein Gefallen an uns, dunkle Nacht? Was hältst du unter deinem Mantel, das mir unsichtbar kräftig an die Seele geht?

Novalis, *Hymnen an die Nacht*. Als ich zum ersten Mal von ihnen hörte, war ich Anfang zwanzig, bis unter die Haarspitzen begeistert von allem, was ich nicht verstand, da kam dieser unglückliche Romantiker grade recht. Ich hatte mich sogar zu einer Seminararbeit über ihn verstiegen. Weder an sie noch an Novalis' Text konnte ich mich erinnern, als ich versuchte herauszufinden, was mir so *unsichtbar kräftig* an die Seele ging. Ich las nach einem halben Jahrhundert wieder, wie da einer Furcht und Enthusiasmus durcheinandergemischt und sich daraus einen Glauben gemacht hatte. Er war so jung gestorben, dass ihm die Ernüchterung durchs Leben erspart geblieben war. Todesbegeisterung, auch die literarische, ließ nach, wenn die Wahrscheinlichkeit, ihn zu erfahren, zunahm. Das Raunende, Dunkle, Rätselhafte hatte mit den Jahren sachte seinen Reiz verloren.

Welche Wollust, welchen Genuß bietet dein Leben, die aufwögen des Todes Entzückungen? Trägt nicht alles, was uns begeistert, die Farbe der Nacht?

Dieser Novalis rührte mich sehr und brachte mich gleichzeitig zum Lachen mit *seinem neuen Land, der Nacht Wohnsitz.*

Ich hielt sie draußen, die Nacht, die meines winzigen Gartens und die, in die die große Welt ein ums andere Mal fiel. Denn sie war ja nicht solidarisch geeint im Kampf gegen das unsichtbare Böse, dieses Virus, sondern weiter umnachtet auf jede nur mögliche Art. In Novalis' Alter hatten auch wir gedacht, die Welt werde irgendwann von uns Kenntnis nehmen. Und wir würden sie *bepflanzen mit unverwelklichen Blumen.*

Ihm war die Erkenntnis erspart geblieben, dass es die nicht einmal auf den geliehenen paar Quadratmetern gab, die man seinen Garten nennt. Geliehen, das war er. Das wurde mir immer deutlicher. Es gab ihn ja nicht mehr, er war zur Erinnerung geworden, wie viele Gärten in meinem Viertel. Es würde eine große Herausforderung sein, sich nach dem Sieg der verdammten Zünsler über meine Buchse so spät im Leben noch einmal als Herrscherin aufzuspielen, zumal ich immer weniger ans Herrschen glauben mochte.

Nachts war er ein anderer, deshalb wollte ich ihn da nicht sehen. Auch weil so vieles unterwegs war, das vielleicht gerettet werden musste und das ich so wenig retten konnte wie all die anderen Nachtgestalten, die in sämtlichen Medien mein Mitgefühl, meine Solidarität, meine tätige Hilfe wachrütteln sollten. Der Strom an Schreckensinformationen riss ja nicht ab, und eine Begleiterscheinung der späten Lebensjahre schien zu sein, sich gleichzeitig verantwortlich, schuldig und völlig unwichtig zu fühlen. Was konnte ich für Dynamitfischerei in Madagaskar oder Millionen von Trump-Wählern? Andauernd kam irgendwer daher, der einen zur Rechenschaft zog, egal für was: Vermüllung der Meere, Artensterben, Klimawandel. Meistens hatten die Mahner recht. Das umdüsterte mich noch mehr.

Beim Jahreswechsel, von dem die ganze Welt sich so viel erhoffte, rettete ich zwei von den mit absurden Energiekosten und wenig Überlebenschancen hochgezüchteten Kleetöpfchen, schmiss mit schlechtem Gewissen die blöden Plastikschornsteinfeger in den Müll und setzte die mickrigen, halb erstickten Pflänzchen in einen größeren Topf. Erst jetzt fiel mir auf, was mir an Klee so gefiel – er machte nachts dicht, genau wie ich.

Ich begriff, warum ich ihn in meinen späten Jahren immer mehr mochte. Sein Image als Unkraut war er schon lang losgeworden, auch wegen seiner Unempfindlichkeit. Er war ein überraschend attraktiver Lückenfüller. Komisch, wie der Klimawandel ehemalige Schmuddelkinder der Botanik zu Lieblingen werden ließ. In den Gartencentern gab es Klee in allen Farben, einen einst geretteten Silvesterklee hatte ich über zwanzig Jahre lang gehabt und seine roten Blüten jedes Jahr bewundert. Eines Winters habe ich vergessen, ihn reinzuräumen, was er nicht überlebte. Das war mir schon einmal mit einem Weihnachtskaktus passiert, aber da hatte ich mich im Verdacht, es sei Absicht gewesen, weil er auch so einer von den Ungeliebten und Mitgeschleppten war. Das alte Thema, die Grausamkeit. So notwendig. So schwierig.

… aber zeitlos und raumlos ist der Nacht Herrschaft, stand in der ersten Novalis-Hymne. Was man auch interpretieren könnte als: Man kann ja eh nichts machen, es bleibt wenig mehr übrig, als auf den Sonnenaufgang zu hoffen. Oder auf die Wärme. Nie schien sie weiter entfernt als im Februar, als die Pandemie schon über ein Jahr alt war und sich eine verzweifelte Art von Routine eingestellt hatte. Das Wetter wollte offenbar das Seine tun, es wurde eisig. Was Leben und Unterschlupf hatte, blieb freiwillig, wo es war. Die Schneeglöckchen hatten bei mir im Januar ein bisschen Zuversicht verbreitet, jetzt sah man sie nicht mehr. Mein nächtlicher Garten, weiß und starr, kam mir vor wie ein winziger Fetzen Sibirien. Aber Leben war drin, das zeigten unzählige Krallen- und Pfotenspuren auf dem dünnen, harten Schnee. Die Miniaturausgabe

eines Eisstoßes hatte sich auf meinem Fischbecken um die tapfer vor sich hin rieselnde Pumpe gebildet. Ich hoffte, dass die Fische an der tiefsten Stelle schlafschwammen und mit mir auf eine Wiederauferstehung warteten. Sie hatten ja sowieso Nacht um sich, bis sie alle wieder heraufkommen würden, ans Licht, an die Sonne. Hoffentlich alle.

Mein lieber Kollege Peter Härtling hatte sich immer geweigert, seinen Fischen Namen zu geben. Weil es ungleich schwieriger sei, sich von etwas Namentragendem zu verabschieden. Seit er mir das gesagt hatte, hielt ich es genauso.

Und weil ich gar nichts tun konnte gegen all die Erstarrungen, außer auf Tauwetter in jeder Hinsicht zu hoffen, hatte ich mich auch vom enthusiastischen Novalis verabschiedet und einen großen Sprung gemacht. *Robert Gernhardt* zeigte mir mit seiner Version der Nacht, wie es gehen könnte:

Der Kopf ist klar und kühl,
die Nacht ist voll Geräusch.
Die Luft ist weich und warm,
wer kopflos ist, wird reich.

Das war's doch. Nimm's hin, einfach so. Das wird schon wieder. Frost oder Virus, Sorge ums Leben, um deines oder um anderes, Fische ohne Namen unterm Eis, Spuren im Schnee, *wer kopflos ist, wird reich.*

BLÜTEN LESEN

SORGFÄLTIG PRÜF ICH

*Sorgfältig prüf ich
Meinen Plan: er ist
Groß genug, er ist
Unverwirklichbar.*

Bertolt Brecht

Blumen waren auf Papier wesentlich leichter zum Wachsen zu bringen als im Garten, das fiel mir in jenem einsamen Sommer auf, als ich in lange nicht mehr gelesenen Büchern unterwegs war. Weil mir für große, komplizierte Texte die Nerven fehlten und ich nicht zu der Corona-Fraktion gehörte, die sich die *Brüder Karamasov* vorgenommen hatte oder bei der *Suche nach der Verlorenen Zeit* endlich über den ersten Band rauskommen wollte, las ich Gedichte. Querbeet. Und entdeckte voll Staunen, dass selbst die härtesten Asphaltpoeten nicht ohne Blumen auskamen. Oder Maximen und Reflexionen zusammenbrachten, die für Garten und Schreibtisch gleichermaßen galten. Brechts vier Zeilen vom Anfang passten zu beidem: Schon der Wunsch, einen Garten anzulegen oder einen Roman zu schreiben, ist verrückt. Viele haben es trotzdem versucht und manchen war es auch gelungen, obwohl es eigentlich nicht ging und der Plan zu groß war.

Weil Pläne oder überhaupt die Zukunft seit Monaten nicht mehr so richtig funktionierten, schienen mir Gedichte eine Möglichkeit zu sein, einigermaßen gut gelaunt durch die Labyrinthe der Pandemie zu kommen. Wenn eins nicht funktionierte, konnte man das nächste ausprobieren, ob es besser ins einsame Leben passte. Bei Romanen kostete es zu viel Zeit, das rauszukriegen. Gedichte vermochten das Leben schnell zu verbessern, wie Blumen. Lesend fand ich übrigens eine erstaunliche Menge von ihnen, nicht nur die üblichen Poesiebewohnerinnen wie Rosen oder Vergissmeinnicht. Wie, zum Beispiel, war einer wie Gottfried Benn ausgerechnet auf *Levkojen* gekommen? Er schreibt sie *Levkoien*, mit i. Bei Theodor Storm wuchsen die auch, richtig mit j geschrieben.

Anders als seinen Kollegen Hermann Hesse konnte man sich Dr. Gottfried Benn, Facharzt für Haut- und Geschlechtskrankheiten, Berlin, Bozener Straße 20, nicht mit Strohhut, Gärtnerschürze und Rosenschere vorstellen. Auch nicht beim Graben.

»O du sieh an, Levkoienwelle
der schon das Auge übergeht« –
von früher her – es ist die Stelle,
wo eine alte Wunde steht;
Warum nahm er ausgerechnet die? Weil das Wort, egal, wie man es schrieb, so schön klang? Wir hatten uns schon vor einem halben Jahrhundert im Benn-Seminar nicht getraut, Fragen zu stellen, wir beließen es

beim kollektiven Berauschtsein. Eine der Folgen des einsamen Lesesommers war aber eine gewisse poetische Ernüchterung, das Aufwachen eines alten Unbehagens, eine Art von literarischem Kater, an denen Blumen als poetisches Sujet ihren Anteil hatten. Eine *Levkoienwelle* konnte ich mir nicht vorstellen, außer in einer auf sie spezialisierten Gärtnerei. Es waren zu früher Schlappheit neigende, schwer zu ziehende Blumen, die herrlich rochen. In Sträußen gaben sie schnell auf, und in der vergehenden Schönheit begannen sie zu stinken. Waren sie ein Vergänglichkeitssymbol für Benn? Oder eben nur ein Wort?

ergib dich der Levkoienwelle,
die sich um Rosenletztes gießt.

Ach, seine Gedichte vertrugen die Nüchternheit meines alt gewordenen Ichs nicht. Auch wenn ich mir ganz gut vorstellen konnte, was er mit dem *Rosenletzten* meinte, er hatte es ja selbst gesagt

dann tragen dich vielleicht die Stunden,
noch bis zum Juni mit den Rosen hin.

Mit den Jahren und dem Klimawandel war die Rosenblüte schon im Mai auf ihrem Zenit angekommen. Auch das kein wirklich poetischer Gedanke, half aber nichts, er war trotzdem da. Genau wie die ungestellten Fragen von einst:

Astern –, schwälende Tage

Was sollte denn *schwälen* heißen? Wo man anbetete, fragte man nicht. Aber das Gedicht, das so anfing, ließ mich auch ein halbes Jahrhundert später noch in Tränen ausbrechen. Es hatte im Unterschied zu anderen Poesie gehalten.

Astern waren Benns Blumen, er ließ sie sogar zwischen den Zähnen eines Toten in der Pathologie blühen
Irgendeiner hatte ihm eine dunkelhellila Aster
zwischen die Zähne geklemmt.

Gegen diese großartige Düsternis halfen nur Liebesblumen –
Aber so viele Rosen blühen
Die ich dir schenken will;
O ich möchte dir alle Gärten bringen
In einem Kranz.

So dichtete ihm Else Lasker-Schüler, die ihn, den sie *Giselheer* nannte, so heftig liebte, wie nur sie es konnte. Auch bei ihr fanden sich viele Blumen, *Malvenblüten und Hyazinthenträume,* als Klänge, als Schmuck. Meinte sie, was sie schrieb? Hatte sie sie gesehen? Oder nur benutzt, wie eine Dekoration?

Seit Monaten war mein Blick immer wieder auf meinen armen Holunder gefallen, der immer noch aussah, als bestehe er aus hölzernen Eingeweiden. Eigentlich war er nicht totzukriegen, man begegnete ihm überall, auch in Gedichten. Eigentlich war er ein robuster Trümmerbewohner. Wahrscheinlich fühlte ich mich wegen meiner rabiaten Schnittaktion verantwortlich für seine Agonie und freute mich deshalb über seine zahlreichen Artgenossen auf Papier.

sehe ich dein helles Blühn
überall im Dunkelgrün,
sehe still dein Wunder,
sterniger Holunder.

Das war von Oda Schaefer, die nicht mehr viele kennen. Aber mein Jahr der Gedichte wurde auch eins der Wieder- oder Neuentdeckungen, die kiloschwere, von Wulf Kirsten gesammelte Anthologie *Beständig ist das leicht Verletzliche* erwies sich als unerschöpflicher Vorrat. Er hatte viele fast oder ganz Vergessene wieder ans Licht geholt, auch manche, die nie im Licht gewesen waren. Jetzt zahlte es sich aus, dass ich Gedichtanthologien gegenüber von Besitzgier getrieben gewesen war – hatte ich sie gekauft, war's gut, und die Schätze schliefen im Regal. Wer hätte an eine Notzeit wie diese gedacht, da man für jede Reserve im Regal dankbar war! Und an einen beleidigten Holunder, dem ich wenigstens poetische Reverenz erweisen wollte.

holderduft wie schaum der stickerei
auf dem kleide einer frau im abend

Wie schön das war. Von dem Dichter Erwin Jaeckle hatte ich nie zuvor gehört.

Von Mascha Kaleko hingegen schon, und ich freute mich über ihr Gedicht mit dem Titel *Sozusagen grundlos vergnügt*, aus dem man Lebensnotwendiges lernen konnte

Wenn Heckenrosen und Holunder blühen –

aber nicht nur dann, sondern überhaupt

Ich freue mich. Das ist des Lebens Sinn.
Ich freue mich vor allem, daß ich bin.

Mit dem Kaleko-Bändchen ließ sich viel Zeit verbringen, weil es einen so wunderbar an die Hand nahm.

Jage die Ängste fort
Und die Angst vor den Ängsten.
Für die paar Jahre
Wird wohl alles noch reichen.

Vor allem die Bücher. An meinen Holunder hatte ich in einem Anfall von Zukunftsvertrauen eine *Clematis montana rubens* gepflanzt, auf dass sein anklagendes Stammgedärm unter ihr verschwände. Die Sorte brauchte nicht viel Zukunft, sie hatte, wenn sie wollte, ein sehr gegenwartsfähiges Temperament. Die Zeit, von der plötzlich so viel da war, habe ich mir weiter mit Gedichte-Stöbern vertrieben.

Am Mohn kam man in der Poesie nicht vorbei. Eine wahre Blume des Bösen. So schön. Einst war die französische Cousine meiner Mutter entsetzt, als sie einen großen Busch prachtvoll blühenden Mohns bei uns im Garten sah.

Dürft ihr das?, fragte sie.

Auch bei ihm, gefährlich oder harmlos, fielen Vergleiche mit meiner gärtnerischen Gegenwart trübe aus. An meinen liebevollen Versuchen, ihn bei mir heimisch zu machen, kann es nicht gelegen haben. Teuer vom Gärtner oder am Feldrand ausgegraben, verschmähte er meinen Garten.

wir lieben einander wie Mohn und Gedächtnis,
schrieb Paul Celan, das Gedicht hieß ausgerechnet
Corona, und sein Mohn war gewiss der berühmteste
der Poesiegeschichte. Mohn und Gedächtnis. Niemand
nahm es mir in meiner selbstgemachten Quarantäne
übel, dass ich überhaupt keine Lust hatte, die Gebirge
der Celan-Interpretationen zu besteigen. Auch sein
Mohn war für mich nur ein wundervolles, aber ver-
dächtiges Unkraut, die allerschönste Farbe der Welt,
die ich aber nur noch in Erinnerungen und Gedichten fand.

Den Mohn meiner Mutter. Die roten blühenden Hügel
der Provence von einst. Eigentlich hätte ich auch gern
die Anbaugebiete der Bauern von Sinaloa gesehen, bevor das amerikanische Militär sie niederbrannte.

Nicht daß davon je geblieben
wär dein Bild, das Rot darin!
Immer, was wir herzlich lieben,
geht dahin, wie Rauch dahin.

Diese Zeilen von Johannes Bobrowski waren mir längst
aus dem Gedächtnis geraten, wie der Dichter auch.
Nun hatte ich sie wiedergefunden. Bobrowski war drei
Jahre älter als Celan. Die Blumengedichte dieses Som-
mers waren wie Leimruten, auf denen ich den vergessenen Dichtern hinterherkroch, ohne mich von ihnen
trennen zu wollen, und es wurden immer mehr. Prosa
las ich fast überhaupt keine, außer ein paar sehr bru-
talen Krimis.

Neben dem kleinen Kaleko-Band stand seit Jahren ein mächtiger Gedichtband von Thomas Kling im Regal. Den Autor liebte ich sehr, aber erst in diesem Sommer konnte ich seine Sprache mehr als drei, vier Gedichte lang aushalten. Nun wollte ich plötzlich gar nicht mehr aufhören.

abhängend die köpfe als kapseln
in den blutigen
textgärten des vielnamigen homer.
ein feiner namenregen,
schwarz, aus mohnkörnern.

Das war der Dichtermohn des Thomas Kling, auch er ein junger Toter. Er hatte an einem paradiesischen Ort gewohnt, Raketenstation Hombroich. Vor Jahren hatte ich drüber geschrieben, damals auch den Buchbrocken gekauft, und nun, spät, war er zu einer geliebten Wegzehrung geworden, selbst wenn er in seine Gedichte allerlei Mäkeleien gepackt hatte.

rührendrührendrührend pflatscht
lehmannscher kompott in rilkes einmachgläser, ja

Er hat im selben Gedicht Kritiker als hohle Nüsse bezeichnet, so was macht man auch nur, wenn man jung ist. Gefallen hatte es mir dennoch, und das Bild von den Rilke'schen Einmachgläsern ebenfalls. Irgendwann im Leben hatten die fast alle, die schrieben, mal benutzt. Er wohl nicht.

brandig schon deine blüthe; rostige ro-
stig gewordne MAGNOLIE

In meiner Gegend gab es Dutzende von herrlichen alten Magnolienbäumen. Im Frühling würden sie, Seuche hin oder her, wieder blühen. Und viel zu schnell verblühen, und immer würde ich an Thomas Klings Worte denken, wenn ich sie anschaute und traurig darüber war.

Nie war mein Garten in einem besseren Zustand als in diesem Jahr,
teilten mir unabhängig voneinander mehrere Frauen aus meinem Bekanntenkreis mit. Obwohl sie einander nicht kannten, vereinte sie ein sieghafter, selbstgerechter, eitler Ton, dem ich nichts entgegenzusetzen hatte. Für meinen Garten traf das nicht zu, im Gegenteil. So räudig war er selbst in seinen Anfangszeiten nicht gewesen. Mein Plan? Er wurde immer größer, immer *unverwirklichbarer*, gleichzeitig wuchs mein Bewusstsein für die Armseligkeit allen gärtnerischen und sonstigen Tuns. Die Corona-Elegie! Ich beschloss, von allen selbstgerechten und erfolgreichen Gärtnerinnen Abstand zu halten und mich von kundiger Poesie trösten zu lassen. Rilke! Jawohl, das Einmachglas! Aber keiner hatte die Blume Hortensie so genau in Wörter wachsen lassen wie er, und während ich auf meine vielen Hortensien im Garten schaute, die so liebenswürdig die Stellung hielten, überprüfte ich Rilkes Farbwörter an ihnen voll Begeisterung:

das letzte Grün in Farbentiegeln ... trocken, stumpf und rauh ... verweint und ungenau ... wie in alten

Briefpapieren … Verwaschnes wie an einer Kinder-
schürze …

Ja, ganz genau, und das waren ja nur die blauen – was
hätte er für die rosa Hortensien erst für Metaphern
gefunden! Schon längst war diesen Blumen gegenüber
aus meiner nachgeplapperten Verachtung Liebe geworden. Meine Mutter hatte sie *Metzgerblumen* genannt,
weil sie als unverwüstlicher Schmuck auf Wursttheken
standen. Damals fand sie noch Orchideen toll. Dann
hatte sie selber einen Garten und fing an, Hortensien
zu lieben. Die älteste in meinem Garten hatte sie mir
vor fünfunddreißig Jahren zum Geburtstag geschenkt.
Sie trug von Jahr zu Jahr kleinere Blüten, aber immer
viele, die lang schön waren.

Auf Wursttheken fand man mittlerweile Orchideen,
Phalaenopsis, die in Massen in jedem Baumarkt angeboten wurden.

Die wird Sie glatt überleben, sagte der Gärtner R. herzlos und schaute auf meine Erinnerungshortensie, *neue*
zu pflanzen würde ich Ihnen aber nicht raten. Der
Klimawandel. Die kommen mit der Trockenheit nicht
zurecht. Die alten halten durch, die haben sich dran
gewöhnt. Aber wenn Sie mehr haben, kommen Sie
mit dem Gießen nicht hinterher.

Auch wieder so ein Plan, der unerörtert und ganz still
verworfen wurde. Es wäre mit den Hortensien so schön
schnell gegangen, sie zeigten nicht nur Rilkes morbide
Palette, sondern eine bei Blumen seltene Unzerstör-

barkeit. Es wäre aber gemein gewesen, aus Egoismus nicht an ihre Zukunft zu denken. Also musste mir was anderes einfallen, und ich verbrachte Zeit mit Hermann Hesse, sicher einem der professionellsten Gärtner unter den Dichtern. Da war aus der Zunft mancher Hochmut bekannt, aber wie gleichgültig war die Zunft in diesem Sommer, und der Hochmut fand kein Futter mehr und keinen Humus, wo er wachsen konnte. Alles geschlossen, alles still. Mundtot.

Hesse hingegen warf so schön mit Papierblumen um sich, Rosen und noch mehr Rosen, natürlich die unvermeidlichen Reseden, Enzian, Nelken, Veilchen, und sogar ein paar Zeilen fand ich, die meinem armen Holunder und auch mir gelten konnten, obwohl er sie einer Eiche gewidmet hatte:

Geduldig neue Blätter treib ich
Aus Ästen hundertmal zerspellt,
Und allem Weh zum Trotze bleib ich
Verliebt in die verrückte Welt.

DIE SACHE MIT DER LEBENSZEIT

Eigentümliche Vorgeschichte Sommer den
wir haben. Tja und der Herbst kom-
mt hernach. Die Blätter flögen von
den Bäumen und der Wind weht.

Ernst Herbeck

Karl Valentin hat allen Menschen, die nur einen kleinen Garten besitzen, fürs Gärtnerleben mitgegeben:
Ihr Garten sei vielleicht nicht groß, aber hoch. Das war
mir immer gegenwärtig, aber in diesem Herbst, der
wie kein anderer gewesen ist, fiel mir auf: Er ist nicht
nur hoch, sondern auch tief. Zwar nicht bis ins Unend-
liche, wie nach oben, auch nicht bis ins glühende Erd-
innere, aber immerhin – wie viele Gärten mochten
unter meinem sitzen? Oder was statt ihrer? Und was
würde auf meinen folgen? Und wann?
Es war genug Zeit für solche sinnlosen Überlegungen,
während man darauf wartete, dass die Welt irgendwie
wieder in Gang kam. Mit meinen Planungen und den
Pflanzenlisten war ich nicht weitergekommen. Hier
was und da was und kein Konzept. In der Zeitung beschrieb eine enthusiastische Journalistin den Garten
einer Dame:
Das Beet wurde gezielt als Farbband angelegt. Es
beginnt mit hellen Gelbtönen und endet mit einem

tiefdunklen Rot an der westlichen Grundstücks-
grenze.

Ich kam mir vor wie eine farbenblinde Floralanalpha-
betin, wenn ich so was las. So was Exhibitionistisches.
Ich hätte auch sehr gern ein *Farbband* gehabt.

Es wurde immer besser, über Rosen sagte sie:
Aber je mehr ich mich mit den Pflanzen beschäftigt
habe, desto mehr entdeckte ich das große Spektrum
und die Spannung, die man mit ihnen aufbauen
kann.

Die einzige Spannung, die mich mit meinen Rosen
verband, war die alljährliche Frage, ob der Rost oder
die Läuse diesmal die Oberhand gewinnen würden.
Nicht, was meine Kletterrosen betraf: Die waren zuverlässig märchenhaft. Allerdings waren sie eine Art
Rosenproleten, zäh und unausrottbar, sie kümmerten
sich um sich selbst und gewährten Pracht, wenn es ihnen passte. Dann gern überall, benachbartes Hecken-
gewächs konnte zusehen, wo es blieb.

Der Rosengarten des amerikanischen Präsidenten, hatte ich überlegt, war nicht viel größer als meiner und
viel jünger. Was mochte vor ihm da gewesen sein? Ich
erinnerte mich nicht. Dabei hatte ich schon eine Menge amerikanischer Präsidenten erlebt. Michelle Obama
war oft dabei fotografiert worden, wie sie Essbares an-
pflanzte, das weiß ich noch. Ich kann mir allerdings
nicht vorstellen, dass sie da jeden Tag herumgewühlt
und gejätet hat. Was würden die im Weißen Haus an

die Stelle des Rosengartens pflanzen, wenn die Ablösung nach Trump endlich kam? Zumal sich dort so viele mit Corona angesteckt hatten, wofür der Garten nichts konnte. Es würde ihm aber immer anhängen. Es war ein Garten auf Zeit, wie letztlich alle es sind. Ich hatte mir für meinen angewöhnt, ein wenig Ewigkeit zu träumen.

Als ich vor bald einem halben Jahrhundert meinen Garten – oder das, was meine Vorgänger so genannt hatten – übernahm, wollte ich nur eins: ihn verändern. Ich hatte ihn ohne jede Zuneigung betrachtet und keinen Gedanken an die verschwendet, die ihn vielleicht geliebt hatten. Das bedauerte ich jetzt in diesem stillgelegten Herbst, es kam mir vor wie eine Art Schuld, eine Rohheit, die gar nicht zu mir passte. Erinnerungen an einst kamen zurück. Das ganze kleine Grundstück war voller Sichtschutz, Hecken und eingegrabenen Zäunen gewesen, aber es gab eine Stelle mit wunderbaren Maiglöckchen, die Jahr für Jahr weniger wurden und schließlich verschwanden. Sie waren ausgewandert. Die Sorte, eine besonders große mit langen Glöckchenstielen, hatte ich noch lang in Nachbarsgärten gesehen.

An ein Wasserloch erinnerte ich mich, an ein mit spießigen Solnhofener Platten gepflastertes Plätzchen und einen sterbenden Sauerkirschbaum, der mit letzter Kraft geblüht hatte. Nur weg damit, hatte ich damals gedacht und entsprechend gehandelt. Woher kam diese

Grausamkeit? Wovor mochten die Menschen vor mir sich so gefürchtet haben – vor Einbrechern? Vor Verfolgung? Der Garten hätte mir manches darüber erzählen können, aber ich wollte ihm damals nicht zuhören.

Nach der längst überfälligen Entfernung meiner Buchse im August lag mein Stückchen Boden schon seit Wochen erwartungsvoll, aber auch schutzlos da: *Wie stellst du dir das jetzt vor? Lässt du den Efeu auch noch über den Rest von mir herfallen? Wie wäre es mal mit ein wenig Anstrengung?*

In all den Wochen hatte ich nichts Gescheites zustande gebracht, schlimmer noch, jene Corona-Folge, unter der viele litten, dieses *Ist-doch-sowieso-alles-egal*-Gefühl hatte mich auch gepackt, obwohl ich dachte, ich sei dagegen immun.

Eine Krankheit hatte mir Anlass gegeben, darüber nachzudenken, was aus dem kleinen Kosmos werden würde, wenn ich nicht mehr da wäre. Das war in meinem Alter ganz normal. Anders als wirkliche Gartenfürsten, die aufs Selbstverständlichste an ihre Nachkommen und die Welt dachten, in ihrem Sinne pflanzten und pflegten und sich auch nicht selten grandios verschuldeten, trieb mich die Frage nach dem *Wie-weiter* ganz egoistisch um. Ob mich mein Garten als *hinterlassungsfähiges Gebilde* überleben würde, war mir egal, seit meinem persönlichen Lockdown im Lockdown noch mehr. Vermächtnis oder Auftrag oder derlei hehre Vorstellungen hatten in meiner geliebten Klitsche nichts mehr verloren. Mir sollte er gefallen, mir guttun, und das möglichst gleich.

Und doch: Es gab immer ein *Danach*. Würde es für meinen auf neue Freuden und Herausforderungen wartenden Garten ein Danach geben, eins, auf das wir beide stolz sein würden, er und ich? Würde ich das noch schaffen? Oder wartete auf ihn die gleiche besitzergreifende Lieblosigkeit, die ich vor einem halben Jahrhundert an den Tag gelegt hatte?

Der November hatte angefangen, ein goldener November, die zweite Teilbremsung des Lebens war verhängt worden, Land und Leute hatten sich von der ersten noch nicht erholt.

Unsere kleinen Gärten waren Trostorte und vielbeneidete Scheinfreiheit gewesen, sie hatten noch mal einen richtigen Liebesschub bekommen. Viele von uns Gartenmenschen fühlten sich nur noch in ihrer grünen Enklave bei sich selber, nicht nur als *Risikogruppe* und *Schutzbedürftige* wahrgenommen und bezeichnet, davon hatten sowieso nicht wenige die Schnauze voll.

Einmal mehr bedeutete der grüne Fleck Würde und Autonomie. Wenn nur die Bückerei nicht gewesen wäre und die Schlepperei und die Laubsammelei und überhaupt alles, was grade noch großartig und leicht und lebensnotwendig erschienen war. Das Virus hatte der Versagensangst und dem Altern richtig Tempo gemacht.

Was tun? Die Arbeit delegieren? In Pandemiezeiten gar nicht so einfach. Also das machen, was in diesem fast k. o. geschlagenen Jahr keiner mehr übelnahm: Warten. Aussitzen. In Wolkenkuckucksheime flüchten. Ein wenig Verstand verlieren.

Das Studium von Staudenkatalogen ist schon seit vielen Jahrzehnten eine Beschäftigung, die Alter, Krankheit, Unfähigkeit, Klimawandel und was es sonst noch an Unbilden im menschlichen Leben zu ertragen gilt, kurzfristig vergessen lässt. Es sollte sie auf Rezept geben. In unserer Zeit musste sie sich niemand mehr per Post kommen lassen, obwohl das auch was für sich hatte. Das Netz bot die gleichen märchenhaften Versprechungen. Es ließ, wo man wollte, ein buntes, belebtes Paradies niederschweben, auch auf den widerspenstigsten, unfruchtbarsten Erdenfleck. Alles konnte aussehen wie die in der Zeitung bejubelten Supergärten. Jedenfalls in Gedanken und auf dem Bestellzettel, was zählte da schon die Wirklichkeit.

Sie waren echte Corona-Gewinner, Gärtnerinnen und Gärtner, und die ganze niederländische Industrie auch, sie waren Therapeuten und Psychiater, und das nur mit den Versprechungen, die in ihren Angeboten zu lesen waren. Das Leben, dachte ich, würde leichter zu ertragen sein, wenn ich endlich die Brachstellen mit Gewächsen füllen ließe, die *Goldquirl-Garbe, Elfenspiegel* oder *Schokoladenminze* hießen. Ich kam mir zwischendurch vor wie die der Gartenrealität abhandengekommene Schriftstellerin Patricia Highsmith, deren verrottetes Stückchen Grund oft genug hämisch beschrieben worden ist. Sie hatte es unverdrossen mit Wörtern bepflanzt und wahrscheinlich bis zu ihrem Ende darauf gehofft, dass die Wurzeln schlagen und blühen würden.

Indessen gab es in Amerika einen neuen Präsidenten, was der alte nicht zu begreifen vermochte. Vom *Rosengarten* war nichts zu sehen gewesen. Wahrscheinlich würde es ihm an den Kragen gehen. Wie er wohl zu Washingtons Zeiten ausgesehen hatte?

Ich weiß nicht, wie lang du dich noch so hängenlassen willst, sagte mein Garten. *Du weißt, was passiert, wenn du mich einfach machen lässt. Ich bin es ja nicht, der macht. Es sind die echten Sieger. Die haben nur drauf gelauert, die sind bald wieder obenauf. Zu einem Friedensvertrag gehören welche, die drauf aufpassen. Und das teure Zeug für den Rasen hat auch nichts gebracht.*

Er schien wirklich schlecht gelaunt. Wilde Brombeeren, Giersch, Efeu, Wein waren meine Republikaner. Sie würden gewinnen gegen das ganze andere dekadente Zeug. Die Kraft war mit ihnen.

Das *teure Zeug für den Rasen* hätte die Klimawandelalternative für ihn erschaffen sollen, pflegeleicht, genügsam und attraktiv. *Mikroklee* hatte das geschickt beworbene Saatgut geheißen, hübsch in Ökotütchen verpackt, vom Preis her eine Art Saatgutkaviar. Vom gottlob feuchten Herbst hatte ich mir viel versprochen. Nun, im November, nach mancherlei Unheil, Rückschlägen und vielen Träumen vom Neubeginn, hielt ich hoffnungsvoll Ausschau. Vor Wochen hatte ich eine Menge der winzigen Kügelchen – *grün eingefärbt gegen Vogelfraß* – ausgesät, die ein stattliches Feld mit minifeinem, sattgrünem Klee hätten bedecken müssen. Stattdessen: nichts. Der magische Mikroklee war so mikro, dass man überhaupt nichts sah. *Des Kaisers neuer Rasen.* Schade. Es hätte so hübsch werden können. Merkwürdigerweise war ich über den unverschämten Preis nicht sauer. Träume kosten eben, zumal im Garten.

Jetzt mussten Stauden mit möglichst schönen Namen und bunten Versprechungen bestellt werden, was konnte man in schlechten Zeiten schon Besseres tun. Keine wohlüberlegte Option auf die Zukunft, sondern ein Versprechen auf baldiges Vergnügen, pflegeleicht, nicht zu durstig, weder exotisch noch elegant, Augenfreude, Seelentrost, eine möglichst lustige florale Altersbegleitung, die sich mit den Siegern vertrug, ihnen vielleicht sogar standhalten würde. Hundertmal habe ich schon die Behauptung gewagt, *Hoffnung* sei eins der zähesten Gartengewächse. Sie wuchs tatsächlich da und dort wieder, ihre Farbe ist ja bekanntlich grün, und ich machte mir Vita Sackville-Wests Variante zu eigen. Die hat mit einer gewissen Unbekümmertheit zu tun, was das Geldausgeben betrifft.

Lasst uns pflanzen und fröhlich sein, denn im nächs-
ten Herbst sind wir vielleicht alle ruiniert.

Es würde, dachte ich, immer irgendwelche Katastrophen geben, die es einem nahelegten, etwas für seinen Garten zu tun. Weltkrieg, Pandemie, Erbstreitig-
keiten, Pleite, Krankheit, Liebeskummer, andauernd
waren sie unterwegs, die apokalyptischen Reiter. Ich
dachte an jene Zaubergärten aus der Erinnerung meiner Vorfahren, die als Kartoffeläcker und Brennholz-
lieferanten geendet hatten – vorläufig geendet. Manche waren wiedererstanden, viele unwiederbringlich
unter Straßen und Häusern verschwunden.

Aber meiner, meiner war fürs Erste noch da und wartete auf meine Zuwendung.

Die Hainbuchenblätter waren wie in jedem Jahr schön
und lästig. Die Menge ihrer Früchte brachte mich auf
den Gedanken an Notzeiten, weil es hieß, wenn solche kämen, gäbe es besonders viele. Die Menschen
und die Börse bejubelten einen Impfstoff, den es noch
gar nicht gab. Er war die große Hoffnungspflanze und
deswegen so wichtig. Klopapier allerdings war schon
wieder knapp geworden, ohne dass jemand das Rätsel
um dessen Begehrtheit einleuchtend hätte lösen können. Freitag, der dreizehnte November, die Infektionszahlen waren so hoch wie nie, und die Welt bestand
aus Nebel und fallendem Laub.

Ein Freund hatte mir alte Pläne zukommen lassen,
meine Gegend, zwei Kriege und ein paar Pandemien

früher. Knoblauch war da angepflanzt gewesen, Kartoffeln, die Stadt bestand noch aus kleinen Dörfern. Den kleinen Sträßlein und Gassen und Knicks auf den blassen Papieren zu folgen fand ich sehr beruhigend. *Holzweg, Waldfeld, Lange Hecke. Häuserecke, Weidenbusch, Schieferkaute.* Klang gar nicht so fern. Vor Jahren hatte ich viele Backsteinreste aus dem Boden gegraben, niemand konnte mir sagen, ob die von einem Bombenschaden oder einer kleinen Ziegelei herrührten. Eine Zeit lang hatte ich sie in einer Ecke gesammelt, aber das sah trostlos aus, und ich warf sie weg.

Zeit für Entschlüsse.

Ich wollte Semperviven an die Stelle der Buchse setzen, möglichst viele verschiedene. Es war mir egal, ob das eine Schnapsidee war oder nicht. *Semperviven,* die versprechen das ewige Leben, was kann man Besseres anpflanzen? Da viele davon klein und dicklich waren, würde ich das Ganze mit Gräsern auflockern, damit sich was bewegte. Ich genoss meine Pläne, denn weit und breit war kein Fachmann in Sicht, der die Augen verdrehte und mich davon abzubringen versuchte.

Ich hatte auch keinen Wettbewerb im Sinn, der mir wohlwollende Zeitungsartikel einbringen würde.

Diese Art der Gestaltung sorgt für punktuelle Überraschungen und weitet den Garten im Herbst optisch auf.

Nun, es war Herbst, später Herbst eines merkwürdig schlimmen Jahres, und das Letzte, was ich wollte, waren

Überraschungen – es sei denn durch Zwiebelblumen, aber dafür mussten wir alle es erst bis ins Frühjahr schaffen. Kleine, kompakte, fette, unerschütterliche *Ewiglebende*, das war es, was ich mir wünschte, ob sie nun passten oder nicht. Es gab sie in vielen Farbschattierungen, Grün, das ins Blaue, ins Rote oder ins Braune hinüberspielte, manche blühten auch. Nicht immer, nur wenn sie wollten. Ich stellte es mir gemütlich vor, wenn sie da rings um den Garten hocken würden und Gräser mit ihren Wedeln sich über ihnen im Wind bewegten. Sie brauchten nicht viel Wasser, wahrscheinlich wollte ich Vorstufen von Wüstenpflanzen bei mir etablieren, solang noch Zeit war.

Ich brauche ungefähr zweihundertzehn Semperviven, sagte ich zu einem Gärtner, den ich kannte.

Entschuldigen Sie, antwortete er, *aber Sie sind verrückt geworden.*

Tja, sagte ich. *Nicht nur ich.*

GRÜNE VERSUCHE

… der schon 7000 Eichen pflanzte,
als man die Notwendigkeit der
massiven Stadtbegrünung noch
gar nicht erkannt hatte.

Niklas Maak in der *Frankfurter*
Allgemeinen Sonntagszeitung zum
hundertsten Geburtstag von
Joseph Beuys

Ob es dem Künstler Joseph Beuys bei seinem Kasseler Eichenprojekt, das auf der siebten *documenta* im Jahr 1982 seinen Anfang nahm, wirklich um Stadtbegrünung gegangen sein mag? Seine damit verbundene Forderung *Stadtverwaldung statt Stadtverwaltung* kam radikaler daher. Der steinerne Haufen Stelen, der vor dem Fridericianum lag, wurde abgetragen, indem jeder Steinbrocken einem neugepflanzten Baum als Begleitung zugeteilt wurde. Das waren nicht nur Eichen, sondern auch Platanen, Eschen, Linden und Kastanien. Das Werk, dessen Verwirklichung ein paar Jahre dauerte, wurde erst beargwöhnt, dann immer mehr, bis heute und vielleicht noch in hundert Jahren, geliebt.

Etwa zur selben Zeit gab es in meiner Heimatstadt Regensburg Widerstand gegen Bäume in der Innenstadt.

Sie störten das reine Bild des steinernen Ensembles, hieß es. So sahen es auch die Brutalisten der sechziger und siebziger Jahre des letzten Jahrhunderts. Grün und Stein sollten streng getrennt bleiben, Durchmischung wurde nicht gern gesehen und galt als Verrat. Dass sie, die Durchmischung, wenige Jahre später als einzige Überlebenschance für Städte, vor allem Megastädte gelten würde, hat Beuys wohl vorausgesehen. Siebentausend Eichen, siebentausend Steine. Das klang heroisch, ein bisschen grob und ziemlich deutsch. Die Wirklichkeit war das Gegenteil, liebenswürdig, tröstlich und wandlungsfähig.

Es gab noch einen anderen angezweifelten und von Puristen jeder Couleur mit Verachtung bedachten Künstler, der ein Pionier des Grünen war: Friedensreich Hundertwasser. Der Gugginger Dichter Ernst Herbeck schrieb über ihn:

Hundertwasser war eine Art Maler
und hat Tee getrunken Dr und
MALER. Du hast Dein Drittes Reich
Zerschlagen

Für Hundertwasser waren Zwang, Rechtwinkligkeit, Gleichförmigkeit ein Drittes Reich, das hatte der heilige Narr aus Gugging richtig erkannt. Grade deshalb brachten seine Häuser viele Architekturkenner zum Würgen. Sie waren bunt und lustig, ohne starre Ordnung und ohne Angst vor Prächtigkeit und Kitsch, es brauchte in intellektuellen Kreisen Mut, sich zum Vergnügen an ihnen zu bekennen. Auch Hundertwasser hatte Bäume als Kunst gepflanzt, wie Beuys, aber nicht mit dessen Anspruch auf grüne Macht. Unsterblich wurde der Mann mit dem programmatischen Vornamen *Friedensreich* durch seine Dachblumenwiesen. Sie setzten sich auch bei den Rechtwinkligen durch und wurden in den vergangenen Jahren noch auf den ödesten Verwaltungsdächern angesät, als Ausdruck später grüner Einsicht und Fortschrittlichkeit. Zu städtischen Dachbienenstöcken war's dann nur noch ein kleiner Schritt, öffentliche Institutionen ließen sich als Imker feiern.

Dass Stein nur mit Grün auszuhalten war, zweifelte kaum noch jemand an. Immer neue grüne Großprojekte sollten der geplagten Menschheit Luft zum Atmen und Erholung für die Seele schenken, dazu gehörten hoch kompliziert geplante Anlagen wie die New Yorker High Line genauso wie das Tempelhofer Feld in Berlin, eine einfach nur in Ruhe gelassene Fläche.

In meiner unmittelbaren Nähe fanden sich interessante Beispiele für die Vielfalt von Gegenmodellen zum Park im klassischen Sinn. Nicht immer ließ sich leicht herausfinden, was die Absicht hinter der Gestaltung gewesen sein mochte. Am leichtesten konnte man die bei jenem schmalen Vorgartenstreifen erkennen, der das iranische Konsulat sympathisch machen sollte. Dem sehr unzugänglich und hermetisch wirkenden Bau selbst war das in all den Jahren nicht gelungen, aber seit einiger Zeit schaute ich staunend auf würdige, ältere Herren in Anzügen, die sich geduldig bemühten, Geranien im Stil der Revolutionsgarden zu dressieren. So diszipliniert und stramm, wie es Blumen eben möglich ist, im gleichen Abstand nebeneinanderstehend, bekamen sie von den Herren bei Bedarf ein Schlückchen Wasser. Unkraut, so winzig, dass man es von der Straße aus nicht sehen konnte, wurde mit kleinen Hacken ausgerottet. Dazu knieten sich die merkwürdigen Gärtner mühsam hin. Mit den persischen Gärten, deren Ruf mich schon als Schülerin von einer Reise dorthin träumen ließ, hatte das Ganze nichts zu tun. Ich dachte mir Geschichten über die Herren in den grauen Anzügen aus. Die gingen manchmal über die Straße, zum Aldi. Dort kauften sie Bündelblumen in großen Mengen. Wohin mochten sie sie bringen? In die milchverglaste Zitadelle, vor der an manchem Wochenende ein Häuflein Demonstranten ausharrte und Fotos hochhielt? Ich konnte ihre Rufe in meinem Garten hören, aber nicht verstehen.

Direkt ans Konsulat und seine paramilitärischen Geranien schloss eine wunderbare Wildnis an, ein großes, zugewuchertes Grundstück, pure Anarchie. Auch sie gehörte der fremden Macht, deswegen war sie schwer gesichert. Durch die wehrhaften Zäune konnte ich nur spähen und träumen, was dort alles leben und sterben mochte – Bäume, Blumen, Pilze, Vögel und vielerlei Kleingetier. Manchmal sah man sich balgende

Karnickel, über ihnen Meisenschwärme und Stare. Es hätte mich nicht gewundert, wenn so etwas Wunderbares wie ein Käuzchen oder ein Uhu dort wohnte. Um das herauszufinden, hätte ich nachts da hingemusst, keine hundert Schritte weit von meiner Wohnung weg, dennoch undenkbar. Ich hatte auf deren Überwachungskameras gewiss schon einen Stammplatz, sie kannten mich sicher längst und wussten alles über mich. Dennoch traute ich mich nicht, zu lang stehen zu bleiben. Vor allem, weil nicht viele Menschen da unterwegs waren, es gab ja eigentlich nichts zu sehen. Mehr noch, die ganze Anlage sagte: *Wir wollen nicht gesehen werden.*

Ob diese reiche Wildnis über etwas Düsterem, Geheimnisvollem gewachsen war? Die vergangenen heißen Sommer hatten ihr zugesetzt, das konnte man durch den Zaun sehen. Brombeeren, die sich im Herbst durch die Maschen des Zauns drängelten, waren klein geblieben. Gerippe toter Bäume reckten sich in den Himmel. Im Frühjahr des ersten Lockdowns hatte alles noch hoffnungsvoll ausgesehen, fettes Gras voll Buschwindröschen und Scilla.

Direkt gegenüber, auf der anderen Straßenseite, hatte sich die Kunst einer etwa gleich großen Wildnis bemächtigt. Einem nicht genug zu preisenden Stadtrat war es vor Jahrzehnten gelungen, das Stück Grund und Boden, nach dem sich jeder Investor die Finger geleckt hätte, durch *Gestaltung* vor dem Zugebautwerden zu schützen. Was immer sein Antrieb gewesen sein mag, der Ort wurde als Antithese zur iranischen Wildnis hoch interessant. Auch er trug den Begriff *Wildnis* wie ein Markenzeichen, aber natürlich war er keine, sondern ein Projekt, wie Beuys' Bäume und die Hundertwasserwiesen.

Hagga Bühler hatte der Künstler geheißen, der dieses Stück Erde gestalten sollte, und zwar zu seiner eigenen Freude als auch für die Leute, die in der Gegend wohnten, besonders die jungen. Es war die *Kultur-für-alle*-Zeit, Kunst nicht als Elitenbelohnung, sondern als Bändigung der inneren Wildnis genauso wie als Auflösung strenger Ordnung. Das passte mit neuen grünen Konzepten gut zusammen, und das sollte der Platz, der dann *Colorado* genannt wurde, ausstrahlen. Ich hatte nie darüber nachgedacht, ob das machbar sei und ob dieses demokratisch-hoffnungsvolle Fleckchen Erde nicht einfach nur etwas Hübsches inmitten von nicht gar so Hübschem war.

Hagga Bühler ist vor Jahren in seine Heimat zurückgegangen, *in Rente*, wie er sagte, worüber ich sehr lachen musste.

Ein Künstler in Rente! Seine Holzplastiken sind aber noch da, einige von ihnen, und sie sehen wirklich so aus, als dürften sie nirgendwo anders stehen. Sie haben etwas Indianisches und etwas Pazifisches, sie sind urtümlich, aber nicht kokett primitiv, es ist eine Freude, zwischen den Bäumen und Büschen herumzuwandern und ihnen unversehens zu begegnen. Das Amerikanische, das sich in Bepflanzung und Anlage zeigte, war nicht unbeabsichtigt, schließlich hatte unsere Gegend lange Zeit als *Klein-Amerika* gegolten. *Colorado* war eine Mischung aus Volksgarten, nachgetragener Liebe zu den heimgekehrten Befreiern und eben Kultur für alle. Aber nichts, gar nichts blieb, wie es gewesen war. Der Klimawandel hat auch diesem Garten zugesetzt, die Mammutbäume – ziemlich handliche Exemplare, halt für unsere Größenverhältnisse passend – bekamen immer mehr kranke Stellen, und sowohl Pandemie als auch allerlei Vandalismus verhinderten, dass der Garten immer geöffnet bleiben konnte. Jetzt haben wir schon zwei hermetisch verriegelte Stücke Wildnis in unmittelbarer Nähe, der eine scheinbar für immer, der Kunst-Garten sehr oft. Das bedauere ich, denn die Kunst wuchert in ihm üppiger als die Natur, bunte Häuschen, Verschläge, Tiere, kleine Bretterbühnen, Beuys hätte es sicher gefallen und Hundertwasser auch. Es sind Jugendliche, die auf dem Gelände planen und bauen, jedenfalls nehme ich das an. Man könnte den Platz so, wie er ist, als documenta-Installation nach Kassel schicken, das Publikum wäre begeistert.

Ohne den Zwang zum Nahegelegenen, den das Virus uns allen auferlegt hatte, wäre mir der *Abenteuerspielplatz Colorado* nicht so viele Überlegungen wert gewesen. Wenn mir früher mein eigener Garten zu klein geworden war, flog ich zu Besuch in andere, auch auf anderen Kontinenten. Jetzt ging ich einfach um zwei Ecken. Das lag nicht nur an der Pandemie, mein Garten kam mir schon lange nicht mehr zu klein vor. Eher zu groß. Das allerdings hätte ich ohne die weltweite Zwangsstilllegung des Lebens wohl nie zugegeben. Politik und Wirklichkeit waren immer weiter auseinandergewachsen, das galt nicht nur für Grünversuche. Während der ehrgeizige Plan für einen großen Vertikalgarten entlang einer viel befahrenen Straße irgendwann still vertrocknet war, ohne dass ihm jemand nachgejammert hätte, konnte man anderes entdecken. Kleine Landbesetzungen, für die es zwar die pseudoschicke Bezeichnung *urban gardening* gab, die man aber mit ungeübtem Blick kaum sah. Was bei flüchtigem Hinschauen eher rumpelig aussah, entpuppte sich immer öfter als *Projekt*. Das in meiner Nähe hieß *Tortuga*. Mit Hochbeeten und Verkaufshäuschen, mit Programm und Flohmarkt und allem, was gute Nachbarschaft ausmacht, war da in verkehrsmäßig günstiger Lage ein *Gemeinschaftsgarten* entstanden. Also Gründurchmischung, wie man sie sich wünscht und mit hoffentlich langer Lebensdauer.

Garten und Gemeinschaft. Das war seit ewigen Zeiten ein heikles Thema gewesen. Schon Vierjährige verteidigten ihr erstes Beet erbittert: *Das ist MEIN Garten!*

Von früh an wollen wir unsere Claims abstecken, wozu

ein Garten sich wunderbar eignet. Imperiale Gärten nicht so, denen sieht man den Herrscherwillen meist an, vor allem, wenn es sich um eine Herrscherin handelt. Aber das normale Nachbars- und Eltern- und Bürgergärtchen zeigte den Eigenwillen aller daran Beteiligten. Ich hätte zum Beispiel meinen Vater an der Art erkannt, wie ein Ast festgebunden war.

Die neue Alltäglichkeit, Abstand und Masken, war aber keine akzeptable Form der Abgrenzung, im Gegenteil. Sich daran fast gewöhnt zu haben, war furchtbar. Selbst die zerstrittensten Kleingartenkolonisten wollten sich ins Gesicht schauen können. Wenn es sein musste, sich gegenseitig auch an die Gurgel gehen. Aber einander doch nicht als giftig empfinden, als potentiell todbringend. Die selbstgewählte gärtnerische Einsamkeit – *ihr könnt mir jetzt alle mal den Buckel runterrutschen, da kommt ein Bambus hin und basta* – war einer vorher nie gekannten Ängstlichkeit gewichen, einem Misstrauen, man lehnte sich nicht mehr über Zäune, sondern man machte sie höher. Der befohlene Mindestabstand zwischen Menschen vergrößerte sich wie von allein.

Was half? Beim plötzlichen Erscheinen der erste Feenkrokusse auf schütterem Stadtgrün konnte man sehen, dass die Menschen gelernt hatten, mit den Augen zu lächeln. Die Feenkrokusse waren ein lila Hoffnungsschimmer, obwohl es eigentlich noch nicht wirklich Grund zum Mutfassen gab. Aber in den Gemeinschaftsgärten wurden doch schon mal Bretter für neue Hochbeete zurechtgelegt, und am Gartencenter stand geduldig eine brav maskierte Menschenschlange.

Schön, die Hornveilchen!

Entschuldigen Sie, was haben Sie gesagt?

Sorry, die blöde Maske! Schön, die Hornveilchen!

Ja, besonders die orangen!

Wird schon wieder!

Hinter den Masken war eine neue Freundlichkeit entstanden, und alles Grüne bot einen willkommenen Anlass, ein bisschen zu üben. Das hätte den Künstlern, die ihr Material in Eichen, Blumenwiesen und kleinen Mammutbäumen gefunden hatten, gut gefallen.

Was in solchen Zeiten Trost bot, konnte das in anderen erst recht. Man spürte vieles deutlicher: dass Schauen wichtig war, auf die unscheinbaren Wunder, die einem noch zur Verfügung standen. Das Große hatte ja die Tore seit Monaten geschlossen, und das Zeitungsfoto eines wundervollen, neuerworbenen Museumsstückes oder der *stream* einer Oper kam einem nicht nah genug ans Herz. Hingegen blieben vor einer blühenden Zaubernuss oder einer sich sacht färbenden Trauerweide Menschen stehen, die das vorher nie gemacht hatten. Sie würden das beibehalten, da war ich mir sicher.

Jene Künstler, die sich tief im vergangenen Jahrhundert als Stadtguerilla für Grün eingesetzt hatten, bekamen Rechtfertigung aus einer Richtung, an die sie nie gedacht hatten. Auch wenn die Sache mit dem Spannungsverhältnis zwischen Ästhetik und Mitbestimmung seit damals nicht einfacher geworden war: Mit dem *Schauen*, das die öffentlichen Grüns erlaubten, ob sie aristokratischen oder bürgerlichen Ursprungs waren, wollte sich keiner mehr zufriedengeben. *Machen* war die Devise. Und damit nicht Heerscharen mit Ideen und Schäufelchen in Parks herumkrabbelten, waren Stadtgärten, Baumscheiben oder Grünstreifen willkommene Plätze, ein wenig tätige Zukunftsfreude zu empfinden. Schönheitsempfinden aber war schon immer ein schwieriges und anspruchsvolles Pflänzchen, und auch wenn Herr Professor Beuys einem jeden von uns Künstlerschaft zugetraut haben mochte, wird ihm das Diktatorische nicht fremd gewesen sein. Ich konnte mich gut an ihn erinnern, er hatte eine sanftstimmige Bedingungslosigkeit, die mich sehr beeindruckte. Grüngestalter jeder Art waren genauso gern diktatorisch wie Künstler. Aber der Stillstand hatte alles verändert. Ob etwas öffentlichen Beifall fand oder irgendwelchen ästhetischen Gesetzen genügte, war gleichgültig geworden. Wir alle trafen uns hinter unseren Masken beim kleinsten gemeinsamen Vielfachen: bei der Freude am Lebendigen. Da waren keine siebentausend Eichen vonnöten, aber Blumenwiesen konnte man gut brauchen. Und Blicke hinter Zäune, von denen man hoffte, dass sie eines Tages fallen würden.

WIEDER FRÜHLING

Fünfzig Jahre waren wir in diesem Frühling zusammen, mein Garten und ich. Fünfzig Frühlinge, Sommer, Herbste, Winter. Nicht auszudenken. Und schon das zweite Frühjahr unter der Fuchtel der Pandemie. Als an der Staatsspitze wieder darum gestritten wurde, was wir wo mit wem dürfen sollten, stand in einem Leserbrief über die *vorsichtigen Lockerungen* vorwurfsvoll zu lesen: *Aber Blümchen und Bücher darf man wieder kaufen …*

Als sei beides nicht Lebensmittel und Medizin in einem! Hyazinthen fünfundachtzig Cent, Primeln achtundsechzig, und erst die Narzissen, ganz viele Knospen und nur eins fünfzig. Mein Kaufrausch schien in diesem Jahr von besonderer Süße und Intensität, billige bunte Topfblumen als Droge gegen das Virus. Im letzten Frühling hatte ich noch gedacht, der Spuk sei bald vorüber und meine Gier nach Supermarktpflänzchen gebremst. Nicht völlig, aber doch, aus Gewissensgründen. Jetzt konnte mich mein Gewissen mal gernhaben, ich kannte kein Halten mehr.

Es war der 6. März, und ich hatte wie in jedem Frühling mit dem Akkumäher gekämpft, erst den Akku gesucht, aufgeladen, doch wie ging er eigentlich in das Ding rein? Am 30. November hatte ich ihn verpackt, das konnte ich am Datum der Zeitung erkennen, in die er gewickelt war. Da hatte ich noch gehofft, das Virus werde den Winter nicht überleben. Der wenigstens schien überstanden. Zu mähen gab es eigentlich nicht viel, aber ich sehnte mich nach dem Geräusch. Außerdem hatten die Eichelhäher einen Haufen Erdnussschalen auf meinem kleinen Stück Grün verteilt. Im Wirtschaftsmagazin war ein Vorstandsvorsitzender porträtiert worden, der einen Park, Hunderte von Metern Buchsbaumumrandungen und vor allem supergepflegte Gartengeräte sein eigen nannte. In normalen Zeiten hätte ich so was gar nicht erst gelesen. Aber seit man nicht mehr in fremde Gärten reisen durfte, mussten eben die geschriebenen herhalten. Meine Buchse waren nun schon über ein halbes Jahr Geschichte, und der Akkumäher war grau von Winterdreck. Als der zehnte Versuch, ihm sein Innenleben wieder zu applizieren, endlich gelang, hätte ich über sein liebenswürdiges Schnurren fast geheult.

Uns beide verband eine besondere Beziehung. Wohlmeinende Menschen hatten mir zum siebzigsten Geburtstag einen Mähroboter geschenkt, einen sauteuren herzlosen kleinen Teufel, dem es egal gewesen war, was er grade abrasierte. Das ging mir gegen die Natur, auch in meinem hohen Alter wollte ich noch selber entscheiden, was wachsen durfte. Ich hatte ihn also heimlich gegen den Akkumäher umgetauscht, eine luxuriöse Gartenliege war dabei noch rausgesprungen. Oft wurde ich nach dem Roboterchen gefragt, und das schlechte Gewissen schaute mir aus den Augen. Wahrscheinlich vergaß ich deswegen Winter für Winter, wie man den blöden Akku wechselte. Aber es klappte, wie in all den anderen Jahren, auch in diesem Frühling.

Etwas ging weiter. Etwas war wie immer. Was kümmerte mich die Perfektion irgendwelcher Vorstandsvorsitzendengärten? Gerührt schaute ich auf die Artenvielfalt, die gemeinsam mein Rasengrün zustande zu bringen versuchte: Moos, Klee – ein paar Quadratzentimeter waren aus dem sündhaft teuren Saatgut *Mikroklee* über den Winter doch gewachsen –, Gundelrebe, Gänseblümchen, der notorische Beinwell, das zuverlässige Scharbockskraut, und ja, ein wenig Gras war auch dabei. Ich liebte alles gleichermaßen und mähte um Gänseblümchenbüschel herum.

Und dann, wie nebenbei, sah ich ein Wunder. In meinem ersten Gartenbuch hatte ich mich vor vielen Jahren über einen teuren Strauch beklagt, der nichts tat. Es handelte sich um eine Schneeforsythie, die ich noch für D-Mark auf einer Gartenmesse im Palmengarten erworben hatte. Es waren viele D-Mark gewesen. Am Tag des ersten Mähens, im zweiten Pandemie-Frühling,

blühte sie plötzlich. Von einem *duftigen weißen Blü-*
tenmeer, das einem im Internet verheißen wurde,
konnte zwar keine Rede sein, die Blütchen saßen eher
wie verirrte kleine Falter auf den Zweigen. Aber sie
blühte, ganz unverhofft, nach Jahrzehnten. Dass sie
überhaupt noch da war, wunderte mich.

Das Ding können wir rausmachen, das wird nichts,
hatte ich oft genug gesagt. Aber offenbar war ich zu
leise gewesen. Ach, Grausamkeit, die alte Feindin. Ohne
sie würde mein Garten nie perfekt werden, andererseits wäre mir das Schneeforsythienglück versagt geblieben.

Seine ersten zwanzig Jahre mit mir zusammen hatte
mein Garten mehr oder minder in jener Hässlichkeit
verbracht, in der ich ihn vorgefunden hatte. Hier und
da mal was gemacht, Licht ins Dunkel der ausgewach-
senen Hecken gebracht, manches Schöne dankbar als
Geschenk angenommen, den mächtigen Goldregen,
die Maiglöckchen. Nach fünfzig Jahren nun war auch
der letzte Rest vom Goldregen unwiderruflich tot. Der
einst große, leuchtende Baum hatte nur noch verein-
zelte Äste zum Blühen gebracht, jeden Frühling weniger.

Da ist nix mehr, sagte R. und klopfte an den schiefen,
bröckligen Stamm. *Der muss weg. Sonst fällt er um.*

Ich will aber keine neuen Bäume mehr pflanzen, antwortete ich.

Andererseits hatte mir den Goldregen ja auch jemand

hinterlassen, den ich nicht kannte. Man würde sehen. *Den Quatsch mit den Semperviven anstelle der Buchse haben Sie sich hoffentlich abgeschminkt?*, fragte er.

Das war im Herbst gewesen, vor einem unheimlich langen halben Jahr, vielleicht hatte mich zu dem Zeitpunkt der Begriff *Sempervivien* noch trösten können. Jetzt nicht mehr. Wenn es so weiterginge, würde ich Plastikblumen in die nackte Erde stecken, als eine grässliche Art Instantglück. Natürlich hätte ich Supermarktprimeln palettenweise kaufen können, aber das wäre nur eine kurze Freude gewesen, sie hätten das Einpflanzen kaum gelohnt.

Was also tun?

Oder einfach schauen, was sich tat?

Früher war mir Gänsekresse zu Hilfe gekommen, ich hatte sie immer sehr für ihre Bereitwilligkeit gelobt, Lücken und Brachen hübsch zu füllen. Zum Dank dafür war sie auf Nimmerwiedersehen aus meinem Garten verschwunden, hatte aber einen interessanten Nachfolger: den Reiherschnabel. Ein vielseitiges und geschichtenreiches Gewächs.

Anstatt über die Qualität der verschiedenen Impfstoffe und die Dringlichkeit meines Wunsches, etwas davon abzukriegen, nachzudenken, vertiefte ich mich während eines Frühlingshagelschauers in die Besonderheiten der Storchen- oder Reiherschnäbel. Bei Inzidenzzahlen, die mir am Telefon besorgt mitgeteilt wurden, hatte ich längst gelernt, wegzuhören. Wie weit meine Flucht ins grüne Nirgendwo schon gediehen war, wussten sie nicht, die wenigen Menschen, mit denen ich noch Kontakt hatte. Und das war gut so.

Sie glaubte an gar nichts, das vom Menschen gestaltet wurde. Glaubte, dass alles vom Menschen Gemachte irgendwann von der Wahrheit eingeholt wurde.

So weit wie die von David Schalko in seinem Roman *Bad Regina* beschriebene Großmutter galt es, zu kommen. So weit war ich noch nicht, aber die Reiherschnäbel spielten eine Rolle als Teil dieser Wahrheit, die sich in meinem Garten nach all den Jahren meiner Gestaltungswonne und -plackerei den Weg bahnte.

Besonders hübsch waren die ganz kleinen, dunkelrosa Farbigen, die gern in den Ritzen der Terrassentreppe Platz nahmen. Die mit den größeren Blüten fand ich etwas ordinär in der Farbe, so lippenstiftig. Aber Klimawandel, Pandemie und Alter zwangen mich zur Demut und machten derlei Gemecker gegenstandslos.

Freu dich über alles, was du kriegen kannst, flüsterte der neue Gartengeist, der grade von mir Besitz zu ergreifen versuchte. Noch hatte er nicht gewonnen. Aber mit diesen drei Verbündeten an der Seite war die Macht auf seiner Seite. Zusammen waren sie unbesiegbar. Und sie ergänzten einander aufs Diabolischste. Man konnte froh sein, wenn man überhaupt noch da war, was schadete da eine falsche Reiherschnabelfarbe. Vielleicht gab es in Wahrheit gar keine falschen Farben. Den Verdacht hatte ich schon früher manchmal gehabt.

Es war kalt geworden, wie schon oft Mitte März. Man konnte draußen nichts machen, drin lauerten im Radio steigende Inzidenzzahlen und Wahlberichte, die mir sonderbar fremd vorkamen, wie ein altmodisches Theaterstück mit fast vergessenen Konflikten. Und dann kam auch noch was Ungutes mit einem Impfstoff.

Gärten hatten es endgültig in die Zeitungen geschafft, als Ersatz für Urlaubsprosa. Es war die Rede von *must have* und *Indoor-Gardening*. Das eine meinte Unkraut, das aber nicht mehr so hieß, und das andere Blumenkübel für drin. Mir schien, als habe auch in diesem Bereich ein Ton bebender Gereiztheit Einzug gehalten, der anderswo schon länger zu spüren war. Wenn nichts mehr gewiss schien, musste wenigstens der eigene Wert gesichert sein, Besonderheit und Unverwechselbarkeit waren ein neues, bei vielen Gelegenheiten streng eingefordertes Recht. Wahrscheinlich durfte man das Wort *Unkraut* schon lang nicht mehr benutzen. Brennnesseldiskriminierung.

Ich plante ein wenig vor mich hin, was konnte man anderes tun? Einen kleinen Spross Vertrauen auf irgendeine Art Zukunft hatte ich im Treppenhaus gefunden, im Topf meiner Brautmyrte. Sie hatte einem Glyzinienpflänzchen Asyl geboten, das jeden Tag größer wurde. Vielleicht war das ihr Dank für die vielen Liter Wasser, die ich auf sie geschüttet hatte.

Die Glyzinie an meiner Terrasse war schon jahrelang nur mehr Erinnerung, das wüst verholzte, widerspenstige, eisenfressende und herrlich blühende Monster. Zum Schluss hatte nur sie noch die Balkone gehalten, die Eisenstreben waren unter ihrem Würgegriff zerbröselt.

Die kommt wieder, hatten mir alle Experten nach der Renovierung versprochen, aber da kam nichts, außer gelegentlich einem moribunden, dünnen Trieb. Ich hätte es wissen müssen: Wo man es erwartet und brauchen könnte, lässt der Garten nichts wachsen. Stattdessen hatte die Myrte liebevoll einen Glyziniensamen adoptiert. Als ich sie im letzten Frühjahr widerwillig rettete, habe ich den offenbar mitgerettet. Jetzt war er schön und stattlich herangewachsen, und ich zerbrach mir den Kopf, wohin ich ihn setzen könnte? Und wann der beste Zeitpunkt wäre? Und ob er gern Schatten um die Füße hatte oder lieber Sonne? Über solchen hirnrissigen Überlegungen waren mir Inzidenzen ebenso wie Wahlanalysen völlig entfallen, was mir nicht leidtat. Stattdessen suchte ich längere Zeit meinen Zollstock. Das Glyzinienjunge war 47 cm hoch. Erwachsen werden und blühen würde ich es wahrscheinlich nicht mehr sehen – obwohl, wer weiß. Die Blicke in die weite Welt waren ziemlich düster, und es schien sich nirgendwo aufhellen zu wollen. Umso willkommener waren nahe Freuden, wie zum Beispiel eine halbpfündige Zitrone an meinem Bäumchen.

So große habe ich bisher nur in Griechenland gesehen,
sagte eine Freundin, der ich ein Bild geschickt hatte.
Genau so was hatte ich hören wollen. Zitronen brauchen in unseren Breiten von der Blüte bis zur Reife
furchtbar lang, es ist wie eine Art Elefantenschwan-
gerschaft, und nur zu oft wird nichts draus. Es war
immer spannend gewesen, zu schauen, ob sich aus den
Blüten kleine Kügelchen entwickelten, ob die dann
größer wurden, um Drillinge an einem dünnen Zweig
zu bangen und dann zu sehen, dass die komfortabel
hängenden Einzelzitrönchen alle abfielen und nur die
Drillinge sich tapfer hielten und wuchsen – aber all
die Jahre zuvor hatte es viel Spannenderes gegeben,
sehr viel sogar. Theater und Klatsch und schöne Ge-
rüchte und Aufregung – das alles war eins nach dem
anderen weggefallen. Ich beobachtete also stattdessen
meine Pandemiezitrone, als sei sie ein Ereignis. Nur
kurz kam mir der verstörende Gedanke, dass, wenn
alles wieder normal werden würde, diese Art Autismus an mir kleben bleiben könnte. Ich verjagte den
Verdacht umgehend, erntete die Zitrone, wog sie und
schickte ihr Bild herum. Immerhin eine Art Bereit-
schaft, sich am gesellschaftlichen Leben zu beteiligen.
Es war ja nicht ausgeschlossen, dass in der Stille der
Lockdowns viele Spleens blühten und gediehen, damit
tröstete ich mich über die meinen hinweg. Dann aß
ich meine prachtvolle Ernte einfach auf. Sie schmeck-
te, wie Zitronen eben schmecken. Am Bäumchen zeig-

ten sich in diesem kalten März neue Blüten, neue Versprechen.

Mir war immer noch nichts eingefallen, womit ich die Lücken füllen könnte, die die toten Buchse hinterlassen hatten. Es waren ja nicht nur Pflanzen, die fehlten, es war die Idee, der Entwurf, meinetwegen auch ein törichter kleiner Traum oder eine große Anmaßung. Das Abbild gab es noch, wie ein Negativ. Aber das beunruhigte mich nicht mehr so stark wie damals vor den wenigen und sehr langen Monaten, seit dem ersten Sommer mit dem Virus. Ich konnte, das hatte ich notgedrungen begriffen, meine *Reise durch den Garten* immer wieder von Neuem anfangen und würde nie das Gleiche sehen. Ebendas war sein großes Geschenk an mich.

In meinem alten Gartenbuch hatte ich dazu angeregt, seinem Garten Geschenke mitzubringen. Damals war ich öfter im Jahr aus allen möglichen Ländern zu ihm nach Hause zurückgekehrt, mit geklauten oder gekauften mehr oder weniger exotischen Mitbringseln. Hatte geschaut, ob gut für ihn gesorgt worden war, zupfte hier, maulte dort und kam Zweig für Zweig und Blume für Blume wieder an. Das schien mir in diesem Frühling ganz unglaubwürdig, wie ein rätselhaftes Märchen. Ich hatte ihn schon Jahre nicht mehr verlassen, aber das begriff ich erst jetzt. Ihm war etwas Besonderes gelungen: Lange Zeit hatte ich nicht bemerkt, dass meine Welt sachte kleiner geworden war.

Dafür musste er unbedingt Geschenke bekommen, und zum Goldenen Kennenlerntag vor fünfzig Jahren auch. Das Zwangssparen in der Pandemie sollte einen schönen Sinn bekommen, all das Geld für die nicht gekauften Opern-, Kino- und Theaterkarten, für Museumstickets, neue Klamotten und nicht gehabte, herrliche Ess- und Trinkabende in den Lieblingskneipen, da kam ganz schön was zusammen. Und die sollte er als Geschenke bekommen, all die verpassten Freuden, halt in anderer Gestalt. Verschwenderisch und bunt, Blumen, Blumen, Blumen, Gräser, Kraut und Unkraut. Ordnung und Chaos. Viel Gegenwart und auch ein wenig Zukunft.

Vielleicht schenkte ich ihm doch einen neuen Baum.